百物語

444ノロイ

エブリスタ　編

竹書房文庫

カバーイラスト／エザキリカ

サカサノロイ＝逆さ呪い。

百物語を逆から紡ぐことで、ある種の〈呪〉になるという説がある。
徐々に燃え溶ける蝋燭の如く。一話減るごとに近づく闇。
貴方は最後、そこに何を視るだろうか――？

※本書は、小説投稿サイト〈エブリスタ〉が主催する、みんなで作る「最恐」百物語コンテスト、同リベンジコンテストの入賞作・優秀な作品を編集し、一冊に纏めたものです。

百物語

ササキノロイ

目次

第百話　文通友達

緒方あきら

僕は一年前から文通をしている。

相手は二十代の女性で、お互いの住所が離れていたこともあり一度も会ったことはない。

文通相手募集サイトで知り合った人で、実家が骨董品を扱うお店を営んでいて、その手伝いをしているらしい。

特に返信に期限を決めたわけではないけれど、僕らは二週間に一度、手紙のやりとりをしていた。手紙を読むことや書くことが、今では充実した時間になっている。

郵便受けをドキドキしながら開くのも、初めての経験だった。

会おうと思えば会える。

でも不思議と、これくらいの距離感が心地よかった。インターネットになれた僕らにとって、アナログな付き合いは新鮮味にあふれていたのだ。


ある日、仕事の出張で偶然彼女の店のすぐ近くを訪れることになった。

――これも何かの縁だし、お店の前を通るくらいはしてみようかな。

飛行機のなかで、そんなことを考えたりもした。

いざ現地について仕事が終わると、僕は不安に包まれた。

ズルいことじゃないか、ルール違反じゃないか——そんな風に思ったり。

とはいえ僕らのなかで『会う事』に対する明確なルールは決めていない。仕事のついでに店の軒先を見るくらいはいいだろう。

期待と緊張で早鐘をうつ胸を抑えながら、手紙に記されていた住所へと向かった。

「二の一の……ここのはずだけど」

そこは寂し気な更地になっていた。駐車場を作る予定があるらしく、工事の予定表が張ってある。工程表を確認してみたが住所に間違いはない。

——わざわざ文通相手に引っ越しの報告なんてしないのかもな。

そう思ったりもしたけれど、彼女は日々の暮らしを細やかに書き綴ってくれていた。なにより、ついこの間届いた手紙にもこの住所が記されていたのである。

通りの向かいにコンビニを見つけ、僕は店のひとに聞いてみることにした。

「あの、すいません。向かいの更地なんですけど、骨董品屋さんがあるって聞いてきたのですが……」

年配の男性は僕の問いかけに眉をひそめると、小さな声で言った。

「昔は店があったけどね。一年位前に火事で全部焼けちまったよ。それっきり見ての通りさ」

「一年前に、火事？」

呆然としている僕の耳に、信じられない言葉が届いた。

「かわいそうに。家に住んでいた人たちは皆亡くなっちまってね」

おじさんが言うには、その火事で骨董屋の一家は全員焼死してしまったのだという。


もしも彼女が一年前に亡くなっていたというのなら……

今までいったい誰が僕に手紙を――？

僕は失意と不安のなか家に帰ると、いつもの習慣で郵便受けを覗いた。

彼女からの、新しい手紙が届いていた。

震える手で手紙を開く。

そこにはいつもと変わらぬ日常が綴られていた。

でも、たった一文。手紙の最後に――

『今日は来てくれてありがとう、今度は私が会いにいくね』

第九十九話　家族の絵

臓物堂

「これ、何が描いてあるの？」

四才の娘が描いた絵を見て、私は思わず訊ねた。

幼稚園で描いたクレヨン画だ。「家族」をテーマに描かれたものを、娘のミカが持ち帰って私に見せてくれた。

「これ、ミカなの。これね、お母さん。これがね、お父さん。これがね、おじいちゃんとおばあちゃん」

娘に教えてもらわなければ、識別できなかったのには理由がある。

真っ黒なのだ。

娘の絵は全面が黒一色で塗りつぶされていた。赤や黄などの他の色は一切使われていない。

いや、よく見れば同じ黒でも濃淡がつけられていて、下から上に向かって徐々に色が濃くなっており、下部はダークグレーと言える色合いであった。

その闇の中に、娘が筆圧を強くして描いたであろう大小の五つの人影があった。

これが、娘の描いた「家族」なのだ。

私はこの絵を不気味に思い、動揺してしまった。娘の精神状態についてあれこれと心配して、然るべき医療的処置を受けさせるかどうかまで考えが飛んでいった。

なにせ娘は普段から明るい性格で、絵を描くにも明るい色を好むため、今回も色鮮やかな家族の絵を見せてくれるものと思っていたのだ。すっかり面食らってしまった。


深夜——

夫が帰宅すると、件の絵を見せて相談を持ちかけた。

「あんまりに暗い感じの絵だから、心配になっちゃって……」

夫は微笑んで、私を宥めた。

「そう焦るなよ。ちょっと様子を見てから対応してもいいんじゃないか？　純粋にミカのセンスかもしれないだろう。あの子なりの感性で絵を描いたなら、必ずしも暗い絵じゃないと思うよ」

私はそう言われて少し安堵した。

確かにそうだ。今回はミカなりに表現を変えて絵を描いたのかもしれないではないか。一枚の絵で娘の精神云々について判断を下すのは明らかに早計だ。なんだか自分だけが大騒ぎしてしまったようで恥ずかしい。

「大丈夫だよ。ミカのことは家族で見守っていこう」

夫の言葉に慰められ、その夜は霽の晴れた気持ちで就寝した。


「ここ、買い手がつかないねえ」

売地、と書かれた看板を前に痩せた中年の主婦が呟く。

「そうねえ。まあ、仕方ないかもね。あんなことがあって。ニュースにもなったじゃない？

私だって嫌よ。だって……」

もう一人の恰幅の良い主婦がしかめ面をする。

「家が全焼して、一家全滅でしょ？　そりゃあねえ」

痩せた主婦が、そうそうと言いながら囁き声を作る。

「焼け残った物にね、不気味な絵があったって話、知ってる？」

「なにそれ？」

全焼した家から奇跡的に、というより不自然に発見されたその絵は、炭化して黒焦げになった五つの塊の近くにあったという。

「うそでしょ？　その絵ってまるで……」

主婦達は更地を一瞥した後、足早にその場を立ち去っていった。

第九十八話　スリング

青山藍明

志田さんは、先日引っ越していった隣人について話してくれた。

見た目は痩せていて顔が小さく、だからといって決して貧相な感じではなく「アイドルグループにいそうなタイプ」だったそうだ。

「うちにも生まれたばかりの娘がいて、あちらにも同じ月齢のお子さんがいたんです。夜泣きがひどいとか、いろいろ話しているうちにママ友になって、というかママ友にさせられていたというか……」

志田さんはフウ、とため息を吐いた。

「子供って、目が離せないんです。それなのに、しょっちゅうやって来てはどうでもいい話をされて、うんざりしていました」

隣人はいつも、スリングと呼ばれる今風の抱っこひもみたいなものに子供をくるんで、やってくるのだという。

「そのスリングも薄汚れていて、何というか、洗っていないっていうか……」

嫌な臭いもしていたと、志田さんは付け加えた。独身で、気ままな自分からすると、そんな奴は無視か居留守を使えばいいのにと思ってしまうが、どうやら、そうもいかない現実があるようだ。

「ママ友って、なんて言ったらいいか……相手によっては面倒くさいうえに、関わりを絶ったとたん、嘘八百な噂を流す人もいるんです」

彼女はその、噂を広めるタイプの典型的な印象があったという。

「目の奥がギラギラしていて、常に落ち着きがなく、まわりをキョロキョロと見ていました。何というか、かぎまわるような感じでした」

先日、買い物から帰り、玄関のドアを開けようとしてぎょっとした。

「ドアノブに、ビニール袋がぶら下がっていました」

中には、手紙とお菓子が入っていたそうだ。ずいぶん前に、廃刊になってしまった少女漫画雑誌の、ふろくについていた便箋セットだった。

「手づくりで、ちょっと不格好ですが食べてくださいと書いてありました。お菓子は、アールグレイとオレンジのパウンドケーキでした。駅前にある店で、同じものが売っていました」

申し訳ないけれど、嘘をつく人とはお付き合いできません。

郵便受けにそう書いたメモを投げ入れたあと、来訪は途絶えた。

「嘘がばれて、引っ越したのでしょうか。でも、あの人もっと、大きな嘘をついているような気がします」

隣人の子供が泣き出したり、声をあげたところを、志田さんは一度も目にしたことがないという。

正直、もう関わりたくないと、志田さんはほっとしたように話を終えた。

第九十七話　足跡

猫林描木

朝、出勤しようと家の門を通り抜けた直後、俺はギョッとして踏み出そうとした足を止めた。

その理由は、アスファルトに無数の足跡がついていたからだ。

まるでそこだけ雨でも降ったかのように、足跡は右から左へ一直線にどこまでも続いていた。

おまけにその足跡には五本の指が認識できる。どういうわけか裸足で外を出歩いたらしい。


「アナタ、どうしたの？」

なかなか出勤しようとしないので、背後から妻に声をかけられた。

「おい見ろ。なんだろこの足跡」

「足跡？」

妻も一緒になって道路に視線を落とすも、「どこ？」と一言返すだけだった。

「どこって、変な足跡が向こうまでずっと続いてるじゃないか」

「アナタ、大丈夫？　今日はお仕事休んだら？」

どうやら妻には見えていないようだった。いや、妻だけではない。通学途中の学生も、犬の散歩中の老人もまるで気にしていない。それればかりか、スマホで撮影を試みても画面にさえ映らない。

気味が悪かったが好奇心が勝り、俺は会社に行くのも忘れ不可思議な足跡を辿った。

足跡は近所のスーパーや喫茶店に入り、美容院にまで出入りしていた。そして気づけば家の前に戻って来ていた。


次の日も、その次の日も足跡はついており、微妙にコースを変えていた。

それから数日経ったある日の明け方、目が覚めトイレに行こうとベッドから体を起こした俺は、思わず小さく「ひっ」と声を上げた。

布団にあの足跡がついていたのだ。まるでアイロンで焦がした跡のように、真っ黒な、足跡が。


足跡は隣で寝ている妻のところで消えており、俺は思わず布団をめくった。

見れば妻の腹部に、足跡が左右揃ってくっきりついていた。

やがて足跡はスゥーッと消えていき、それ以降、地面に足跡がつくことはなくなった。


程なくして妻から妊娠した事を知らされた。

妻は嬉しそうに、お腹を擦りながら言った。

「あのね、頭にフッと浮かんだの。女の子ならアユミって名前がいいかなって」

その妻の言葉に、俺は昔つき纏われていた亜由美というストーカー女のことを思い出した。

亜由美はいつも、口癖のように言っていた。

『——貴方とひとつ屋根の下で暮らしたいな』

『——貴方と幸せな家庭を築きたいわ』

そしてそれは叶う事なく、亜由美は交通事故で亡くなった。

おそらくあの足跡は、亜由美がつけたものだったのだろう。

亜由美は昔俺にしたように、妻をつけ狙い続け、その体にもうひとつの命が宿るのを待っていたのだ。

俺と、家族になりたいがために。

もう数ヶ月すれば、亜由美の魂が宿った子供が産まれてくる……。

第九十六話　妻

佐倉理恵

妻は、あの日から変わった。
第一子を身籠もり、幸せだった。
しかし、あの夜――激しい陣痛の後の破水、そして子どもは……亡くなった。
そのときは、彼女も涙を流していた。そんな妻の肩を、俺は抱き寄せた。
ところが、退院して間もなくのことだった。

「おはよー陸人、今日も元気でちゅねー」

陸人は、臨月に入った頃に二人で考えた赤ちゃんの名前だ。それを、空のベビーベッドに呼びかけていた。

最初は、彼女の好きにさせた方がいい――そう思い、放っておいた。いつか、なくなると思っていたからだ。
しかし、それは違った。

「うわ、すごーい陸人！　よく寝返りしたね‼」

「そう、そう！　見てみて、あなた！　陸人、ずりばいしたの‼」

誰も食べない離乳食を作り、腕に滴るミルクも気にしない。気がつくと汚物入れの中には、汚れていないオムツが溜まっていた。

「あのさあ…………お前、死産したんだよな？」

ある日の夕食時、切り出した。

「え？　どういうこと？」

空中にスプーンを付き出したまま、こちらも見ずに言う。横から少しだけ見える彼女の顔は、とても無邪気だ。

「だって、あのとき、医者から聞いたろ？」

「何を？　あなた、おかしいよ。病院行った方がいいんじゃない？」

その目は、純粋に心配している。一瞬言葉を失った。

が、直後に閃いて俺は言った。


「わかった。その代わり、付き添ってほしい」


妻は、統合失調症だと診断された。

一週間の入院。死産から、一年が経っていた。


「陸人がね……。陸人が、聞くのよ……どうして僕を殺したのって…………」

「うん……」

「私、何もできなくて……撫でるしかできなかった……」

「うん……」


一歳の子どもはそんなに流暢に喋らない。やっぱり、妻は幻を見ていたんだ。

現実を知った妻は、どんどん痩せ細っていった。食事が喉を通らないらしい。一週間の予定だった入院期間は延長せざるを得なかった。

妻

数ヶ月後、治療の甲斐もなく妻は死んだ。
葬式も四十九日も、無心のうちに過ぎていった。本当に悲しいときは涙すら出ないものだとは、よく言ったものだ。

「ただいまー……」

そう言って、気がついた。なんだ、俺、まだあいつがいなくなったことを受け入れられずにいるのか。扉を閉めて、苦笑する。

――トン、トン、トン、トン

目を見開いた。
懐かしい音――慌てて、キッチンへ飛び込む。
「あら、お帰りなさい、あなた」

妻だ。妻が、笑ってそこにいる。

「パパ」

その声に、足元を見る。たどたどしくもしっかりと踏みしめて、小さな男の子が、立っていた。

ああ、その目元、俺にそっくりだ。薄い唇は、ママ譲りかな。

熱いものが頬を伝う。

俺はそのとき、初めて妻の言葉を信じた。

第九十五話　教室のわすれもの

谷蔵裕

私が高校二年生のときの話です。

クラスに水原君という学校を休みがちな男子がいました。

それはある秋の放課後のこと。

忘れ物をした私が自分の教室の前まで来ると、スッと人影が薄暗い教室に入っていくのが見えました。

明かりも点けずに変だな、とは思いつつも、人影の正体が彼であることに気づいた私はホッと安堵の息を漏らして教室に入っていきました。

電気を点けながら中を覗くと、教室の一番後ろに水原君がいました。

「水原君も忘れ物？」

「…………」

声を掛けましたが返事はありません。

彼はじっと後ろの黒板を見つめていました。

「ねぇ、何を忘れたの？」

私は必要以上に大声になっている自分に気づきながらも、続けて彼に話しかけました。

一瞬の間があって、彼が振り返りました。

なぜか彼は黙ったまま、こちらにゆっくりと近づいてきます。

「どうしたの？　あったの、忘れもの……」

背中にひんやりと硬く冷たいものが触れて、ビクッと身が強張ります。いつの間にか私は後退りして黒板を背にして立っていました。

「……何を……忘れたの……」

こちらに近づいてくるのはたしかに水原君なのに、彼じゃないような気がしました。青白い顔には生気が感じられず、すっと細められた瞳は光彩が消え去り、薄い唇の端はわずかに吊り上がって見えます。

やがて彼はひんやりとした笑顔で、ゆっくりと口を開きました。

「……これ」

「えっ、あ……マジック？」

彼の手には黒いサインペンが握られていました。

するすると緊張が解けていきます。

彼が口をきいてくれた、たったそれだけのことなのに何故か安心していたのです。

先に教室を出た私はふと、彼に話しかけました。

「でもそれ、何に使うの？」

言いながら振り返ったそこには……誰もいませんでした。

がらんとした無人の教室。

ごくりと唾を飲み込む音が、やけにはっきり聞こえました。

私は思い出したのです。彼が今日学校に来ていなかったことを……。


翌日、彼が亡くなったという知らせがありました。


彼の葬儀から少し経ったある日。

教室の後ろでは人だかりができていました。みんなが指差す先にはクラスの集合写真があります。

しかしその顔は……

「誰だろうね、こんなヒドイことしたの……」

真っ黒に塗り潰されていました。

全員の顔が、黒のサインペンで乱暴に塗り潰されていて……しかしその中でよく見ると、一人だけ無事な顔があったのです。

黒く塗り潰された写真の中に、水原君の笑顔だけがありました。

サッと全身の血が一気に下がって顔も指先も冷たくなり、私は呆然と震えたまま、しばらくの間写真の前から動けませんでした。

今でもあの教室での彼の笑顔を思い出す度、ざらりと冷たいものが私の心を撫でていくのです。

第九十四話　落書き

砂神桐

　小学校高学年の頃、クラス内で落書きが流行った。

　たいていは、教科書の偉人写真にあれこれ書き足したり、ページの隅に絵を描いてパラパラ漫画を作るという他愛ないものだったが、何人かがエスカレートして、休み時間のたびに黒板に絵を描いたり、掲示板のポスターなどに書き込みをするようになった。

　それがきっかけで学校中に落書きが流行り、そろそろ事態がいたずらではすまなくなってきたある日、その苦情は舞い込んだ。

　苦情を訴えてきたのは近くの神社の神主さんで、外壁にうちの児童と思われる小学生が、スプレー缶を使って落書きをしたというのだ。

　絵柄などの特徴から、いたずらをしたのが誰か割り出せないかと、落書き現場の写真のコピーが配られた。でも、赤、青、黄色……何色ものスプレーが無駄に吹きつけられているだけで、絵とはとても呼べない、ただ壁を汚すことだけが目的のような落書きからは、犯人の目星はつけられなかった。

　事が大きくなりすぎたため、学校やＰＴＡだけでなく、地域全体が児童の動向に厳しくなり、落書きのいたずら熱はたちまち収束した。

そんなこんなで小学生時代が終わり、中学へ通うようになって半月程経ったある日、思わぬ訃報がもたらされた。

去年、同じクラスだった友達の自宅が家事になり、一人だけ逃げ遅れた友達が死んだのだ。

出火の原因は不明だが、火元はその友達の部屋辺りだったらしく、聞いた話では、本人の確認も難しい程黒焦げの状態で発見されたという。

けれど俺には、凄惨な訃報に気落ちする暇はなかった。


まるでこれに続くように、数人の友達が次々と亡くなったのだ。

一人は交通事故死で即死。ダンプに押し潰された死体は血の海に沈んでいたという。

別の一人は、春スキーの最中に行方が判らなくなり、捜索の末に発見されたときにはすでに凍死していたという。氷のような遺体は血の気もなく真っ白だったそうだ。

さらに別の一人は、少し前から具合を悪くしていたのだが、軽く見ていたら黄疸が出て、慌てて検査をしたところ肝臓癌であることが発覚。すでに手遅れで、入院から僅か一ヶ月でこの世を去った。

黒焦げの焼死体。血まみれの交通事故死体。どこまでも白くなった凍死。黄疸が出ての病死。

黒、赤、白、黄色……死体の特徴に現れた色が記憶の色彩とリンクする。

あの日、神社の壁に吹きつけたカラースプレー。それぞれが、それぞれの持っていた缶と同じ色に染まって死んだ。

だったら俺は？　青色のスプレーを吹きつけていた俺は……？

立て続いた仲間達の死。それ以来俺は、青を強く連想させるものを極端に避けるようにしている。

当然だが、海にも川にも池にも近づいてはいない。それでも生活している以上、水に関わらない訳にはいかないのだ。

真夜中に蛇口から滴る一滴の水音。今の俺はそれにすら怯えながら暮らしている。

第九十三話　本屋さんが、出る

木全伸治

そのコンビニには、幽霊が出るという噂があった。

「まさか」と思いながら、近所の俺は新しくオープンしたその店を利用していたが、ある日、ふとその店で週刊誌を立ち読みしていたら、はたきを持った白髪の爺さんが「立ち読み禁止」と注意してきて、俺はぎょっとした。その爺さんは数年前に死んだはずの、このコンビニができる前に建っていた本屋さんの店主だったからである。

おいおい、死んで本屋がコンビニになっても、まだ立ち読みの注意を続けたいのかよ、この爺さんは。

俺が週刊誌を置いて、雑誌の並ぶ棚から離れると、爺さんはスッと消えた。

怖くはなかった。

むしろ、久しぶりに、あの爺さんに注意されて何となく懐かしくて、うれしくなった。

第九十二話　目隠し遊び

渋江照彦

休日に小学生になったばかりの息子と近所のコンビニに行った。

息子がお菓子コーナーでおやつを選んでいる間、する事がなかったので、雑誌コーナーへ足を運び、目にとまった雑誌を手にして読もうとした途端、そう言えば長い事、目隠しをされていないなと思った。

と言うのも、コンビニに入って雑誌を立ち読みしていると、不意に真後ろから手が伸びて来て、視界を塞がれる事があるのだ。

もちろん不意打ちなので、驚いて後ろを振り返るのだが、決まってそこには誰もいない。

そんな事が、長い間続いている。

ただこの現象、たちの悪い事には、コンビニで立ち読みをしていると毎回起こるわけでもないのだ。

一度起こると、それから数ヶ月、下手をすると一年以上は目隠しをされない。なので、こちらとしては段々と記憶が薄れて行き、油断してまたコンビニで立ち読みをしていると、目隠しをされてしまうのだった。

それにしても、どうして目隠しをされるのか、という根本的なところが私にはわかっていない。最初に目隠しをされたのは、中学二年生の頃の事だ。それからは、高校生になっても、大学生になっても、そして社会人になり、職場で知り合った今の妻と結婚してからも、断続的にこの現象は起きている。

そう考えると、二十年以上目隠しをされ続けている事になるのだが、その間に、何か変わった出来事が起こったという事もなく、平穏無事に日々は流れている。

だが、それがかえって私には不気味だった。

まるで、まだ起こるべき事が起こっていないから、目隠しされ続けているかのように感じられたからだ。

けれども、ここ六年ばかりは、ピタリと目隠しが途絶えている。それを逆算すると、ちょうど息子が生まれた年に当るので、何かその辺りに因縁でもあるのだろうか……。

そんな事を考えつつ、ぼんやりと雑誌をめくっていると、突然、目の前の窓ガラスの向こうから、息子の笑い声が微かに聞こえて来た。

ハッとして前を向くと、いつの間に外へと出たのか、息子が笑いながら、車の走る横断歩道へと突っ込んでいくところだった。

「ま、待ちなさい！」

外にいる息子に聞こえるわけもなかったのだが、思わずそう叫んでいた。

だが、息子はそのまま走り続け、そしてとうとう道路の真ん中へ飛び出してしまった。

丁度そこへ巨大なダンプカーがスピードを緩める気配もなく、息子の方へ突っ込んで来た。

私は咄嗟に、外へ向かって駆け出そうとした。

そのときだった。

真後ろからスッと二つの手が現われたのは。

それはまるで、ダンプカーに息子が跳ね飛ばされる瞬間を私に見せまいとするかのように、ゆっくりと、私の視界を塞いで行ったのだった……。

第九十一話　不思議なホクロ

遠山落陽

　Bさんの友人であるIさんは、小さい頃からよく怪我をする人なのだという。

「何年か前にも右手の甲を骨折して、そのすぐあとにも左のアキレス腱が断裂してさ、そんな次は右肩を脱臼したって言うんだよ。むかしは頭に大怪我したこともあって」

　Iさんは郷里の旧友らしく、もう十年以上も会ってはいないそうだが、二年ほど前、ひさびさにかけた電話で怪我のことを聞かされたという。

「それで、右肩をやっちゃったときなんだけど、あいつ妙なこと言ってて……それがずーっと引っかかってるんだよ」

　なんでも、あるとき突然、右手の甲に大きなホクロができて、かと思うとすぐに消え、気づくと今度は左のふくらはぎにホクロがあらわれたらしい。

　しかし、それもほどなく消え去り、不思議に思って身体をあらためてみたところ、また新たなホクロが右肩にできていたという。

「まるで移動してるみたいだ、って言うんだよ。ただ、それだけならよかったんだけど……」

　Bさんが顔をしかめた理由には、私もすぐに思い当たった。

　Iさんが怪我を負った場所は、ことごとくホクロのあらわれた場所と一致しているのだ。しかも、聞けばホクロがあらわれたすぐあとに、Iさんは同じ箇所を怪我しているのだという。

「それで、そのあとホクロは……？」

おそるおそる訊くと、Bさんは気が抜けたように肩をすくめた。

「それがどこにも出なくなったんだと。あいつ、えらい安心してたなぁ」

「ホクロがIさんに身の危険を知らせてくれてて、でももうその必要もなくなったから消えた……ってことですかね」

「と思ってたんだけど——最近ふと思い出してさ。あいつ、ガキの頃は坊主頭だったんだけど、そういえば頭にでっかいホクロがあったんだよ」

つまり、不可思議なホクロは右手の甲に突然あらわれたわけではなく、Iさんの気づかぬところで、小さい頃から身体のあちこちを移動し続けていたのではないか、とBさんは言いたいわけだ。

「いっさいの危険がなくなったってことなら問題ないんだけど」

しかし人間、一寸先は闇である。そんなことがあるのだろうか。

「もし——もしホクロ自身が危険を回避してあいつの身体中を逃げ回ってたんだとしたら、さ」

私は息を吞み、Iさんのその後を訊ねた。

Bさんはそれ以降Iさんと連絡を取っておらず、その勇気もないと答えた。

第九十話　錆びついた家

さたなきあ

自営業のN山さんが、幼少期の頃だったという。

「路地の多い町でね。遊び場も自然、そこが中心でね。その日もそんな路地の一つに入りこんでさ」

一人遊びで、ボールを上に投げあげては受け止める。そんな事を繰り返してると、勢いで一軒の家の敷地内に飛び込んでしまった。

「ガラスを割らなかっただけマシさ。で、その家の入口に立って、声を張り上げた。ボール、とらしてくださいってヤツ。門とか玄関前じゃない。家が建てこんだ狭い路地じゃ、いきなり入口なんて珍しくないから」

けれど、いくら声を出しても誰も出てこない。引き戸になっているその向こうに、人の気配が全くない。

「留守か。それとも年寄りの一人暮らしで、声が聞こえない？　今じゃなくても、そんな家はたくさんあった。ところが」

ガラッ！

と、いきなり引き戸が開いた。というよりも、何か、物凄い力で横に引っ張られたような？

そして。

「驚いたよ。女がね、目の前にぶらさがっている。こう、ぶら～ん、と！」

……中年の女だった。晩秋にもかかわらず薄着で、力なく両手を垂らし。そうして艶のない髪で半ば隠れた頭部の下には、ヒモが食い込んでいる。つまり。

「首吊りさ！　首がのびていた。ふつうの倍くらい。そして、どろりと濁った眼が俺を見つめている。じいっ、と。それだけじゃない。その眼がぎょろっ……動いたんだ。ああ、とっくに死んでいるはずなのに！」

N山さんは、泣きながら自宅に帰った。帰途のことは覚えていない。もちろん失くしたボールのことも。

「俺の様子にオフクロが、色々、問いただした。俺は正直に話した。隠す必要なんかない。そうしたらオフクロが凄い形相になって、俺の手をつかんでさ……」

N山さんは、その『首吊りの家』に案内させられた。が。

「さっき勢いよく開いたはずの引き戸には、斜めに板が打ちつけられているんだ！　で、引き戸の両側には馬鹿でかい釘が突き立っていて、その間を何重にも鎖が巻きつけられてる。その鎖というのが」

錆を吹いて、ビクともしない。つまり、その家はずっと以前から人が出入りできる状態ではない？

「俺がその場を離れて、せいぜい数十分だぜ？　オフクロにも必死で訴えたよ。嘘なんかついてないって」

母親は怒らなかった。ただ二度とここに来ないように念を押したそうだ。執拗に。

「……その家じゃ、昔な。暮らしていた夫婦のうち、夫が突然奇声をあげて家から飛び出したらしい。どこに行ったかは分からん。で、妻の方はいくら捜しても見つからなくてな。その後は権利問題とかで空家状態だったと」

N山さんが、その事を知ったのはさらに数年後。不審火で問題の空家が消失してからだとか。

「俺みたいな『モノ』を見たヤツ、結構いたらしい。もっとも焼け跡からは、ナニも出なかったらしいがね」

一応な、と最後にN山さんはつけ加えた……。

第八十九話　ブランコ

蒼井智佳

うちの高校で今話題になっているのが、公園の幽霊の話。

学校の門を出て左に向かうと小さな公園があるんだけど、そこにあるブランコが風もないのに動いてるとか、夜中に通りかかると子供が乗っていたのを見た人がいるって話が後をたたない。

その日も友達の麻紀とその話題で盛り上がっていて、どうせなら見に行こうよ、って事になった。

「明るい内なら怖くないっしょ」

「そうかもしれないけど……」

「ねぇ、りっちゃんはその公園行ったことないの？　通り道だし家も近いでしょ」

「うーん、子供の頃に行ってたけど、そんな噂とか聞いた事ないよ」

二人で目的地に到着するも、まだ日の高い時間だけに子供達で賑わっている。

二人でコンビニで買ったアイスを手にベンチでブランコを眺める。公園の遊具の中でもブランコは人気が高く、二つあるブランコは順番待ちができていた。

「りっちゃ——ん」

聞きなれた子供の声がした。

姉の子供、つまり私の姪っ子で今年五歳になった美海ちゃんが私を見つけて駆け寄ってきたのだ。

「美海、遊びに来てたの？」

「そだよ。ママはあっちでお話してるの」

どうやら、ママ友と来てるらしい。

「友達は？」

「ブランコにいるよ」

「美海は行かないの？」

「行かない。ずっと座ってる子いるもん」

そのとき、ブランコは二つの内一つは美海の友達が乗っていたが、隣は空いていた。

私と麻紀は思わず顔を見合わせた。

「ねぇ、美海ちゃん、その子はどんな子なの？」

「男の子だよ。でもちょっと恐いの、目がね、黒いんだよ。まーっくろ」

麻紀の問い掛けに、屈託のない笑顔で美海は答え、怖くなった私達は溶けかかったアイスを食べ終えるとそそくさと家へ帰った。

子供には「何か視える」というのは本当なのかもしれないと思った。

それから数日後、学校帰りに姉と美海に偶然出会ったので、私はまたブランコの男の子について聞いてみようとした。

「美海、公園の男の子はまだいるの？」

「ううん、もういないよー」

「やだ、立花、あんたが美海に変な事言ったわけ？　この子公園行く度ブランコに男の子がどうとか言うんだけど」

「いや、噂だよ、子供の幽霊が出るとかって。でも、いないなら良かった、ブランコで遊べるじゃん」

美海は私の後ろをスッと指差した。

「うん。でもなんで、りっちゃんは男の子おんぶしてるの？」

私は言葉を失い、立ち尽くすしかなかった。

第八十八話　月下のブランコ

ちまだり

その晩、残業で遅くなった僕は駅から出る最終バスを逃してしまい、やむなくアパートまで歩いて帰ることにした。

徒歩なら四十分以上の道のりである。

仕事の疲れもあり、途中の公園で自販機のジュースを買って小休止することにした。


（はあ。明日も早いのか……）


僕はベンチに腰掛け、缶ジュースを飲みながらボンヤリしていた。

青白い月の光が、公園内に設置されたいくつかの遊具を照らし出している。

やがてそのひとつに目が留まった。

鉄骨の下にゆりかご型のゴンドラをぶら下げた、いわゆる「箱ブランコ」と呼ばれるタイプだ。

ゴンドラの中に小柄な人影が座り、ゆっくりとブランコを揺らしていた。

（子ども……こんな時間に？）


ワンピースドレスを着た、五、六歳くらいの女の子だ。

周囲に保護者らしき大人の姿は見えなかった。

声をかけようか？　と迷っているうち、僕はその子の様子がおかしいことに気がついた。

月明かりがあるにも関わらず、女の子の顔は影になってよく見えない。

……いや、影ではない。

小さな顔から肩にかけて、何か黒いものがベットリと覆っているのだ。


――おそらく、血糊。


思わず腰を浮かしたそのとき、女の子がこちらに振り向いた。

上半身だけを捻ったような、ひどく不自然な動き。

ブランコが止まる。

細い足が、ゴンドラから地面に降りた。


「ひぃっ……！」

僕は短い悲鳴を上げ、ジュースを投げ捨てこけつまろびつ公園から逃げ出した。


だが数分後、辛うじて呼吸が整うと、急に後悔の念を覚えた。

つい動転してしまったが、今のはきっとブランコの事故だろう。

あの出血は相当な大ケガだ。放ってはおけない！


(救急車を呼ぶか？　それとも警察？　いや、それより今すぐ公園に戻った方が……)

考えあぐねていると、運良く自転車に乗った警官と出くわした。


「あっお巡りさん！　いいところに」

「どうかしましたか？」

「一緒に来て下さい！　公園で事故が……」

「ええっ!?」

自転車を降りた警官が、みるみる険しい表情になる。

だが、僕が一部始終を話すと、ふっとため息をついて頷いた。

「事情はだいたい分かりました。公園の方は確認しておきますから、あなたはどうぞお帰りください」

「で、でも救急車を呼ばなくていいんですか？　子どもが大ケガしてるんですよ！」

「……まあ、落ち着いて」

僕をなだめるように言う警官の顔が、どこか青ざめて見えるのは……

月の光のせいだろうか？

「あの公園に箱ブランコなんかありません。以前はあったんですが、事故で子どもが亡くなったため撤去されました……それも、もう十年以上昔のことですよ」

第八十七話　シーソー

砂神桐

三つになる息子と近所の公園に行った。

小さいし、遊ぶ物もほとんどないけれど、近所の子連れ奥さんはみんなここに集まるので、私も自然とここに来るようになった。

「今日は誰もいないねぇ」

いつもなら、一時を回った今くらいの時間には、たいてい三、四組の親子連れがいるのに、今日は珍しく公園には人がいない。

それでも、来たのだから遊ぶと息子ははしゃぎ、一人で砂場に走り寄った。その姿を見つめながらベンチに腰を下ろす。

のんびりできるのはいいけれど、一緒に遊べるお友達がいないのは息子には残念だろう。多分、一人遊びではすぐに飽きがきてしまうだろうから、今日は帰りに遠回りでもしてみようか。

そんなこと考えていたらスマホの着信が響いた。

目は息子に向けながら電話に出る。でも、常に子供を意識しているつもりでも、話が弾むとつい視線が逸れてしまう。

ふと気づけば、息子の姿が砂場から消えていた。慌てて公園内を見回すとシーソーに座っている。でも安堵したのは一瞬だった。

公園には私達親子以外誰もいない。実際、私の目に映っているのは息子だけだ。それなのに、息子が跨るシーソーが上下しているのだ。

一人で揺らして遊んでいるのかと最初は思った。でも、反対側は無人なのに、息子の身体がシーソーの動きに合わせて宙に浮いたのを見た瞬間、私は悲鳴を上げた。

電話も何もかもが頭から吹っ飛び、私は息子の元へ駆け寄ると、まだ遊ぶとぐずる我が子を抱えて公園を離れた。

ちなみに、このときの電話の相手はよくここで会うママ友だったため、後でかけ直した際に話した理由があっという間に広がり、以降、公園に近づく者はいなくなった。

でも、公園のごく近くに住む人の話では、時々あのシーソーが動いている音がするらしい。

もう近づくことはないと決めているけれど、これからは公園近くを通ることすらやめようと思う。

第八十六話　拝んではいけない

フクロウ

よく交通事故が起こった現場に花束が置かれています。子どもの頃思わず手を合わせてしまったことがありますが、いわゆる視える人だった私の母に、霊が憑いてくるから拝んではいけない——ときつく言われたのを覚えています。

ある日、私が週に一回通う図書館の前の通りで事故があったらしく、電柱の下に花束が置いてあり、その前で手を合わせている若い女性がいました。そのときは家族なんだろうと素通りして家に帰りました。

その一週間後、ざあざあ振りの雨の中、同じ場所で手を合わせている人を見つけました。今回は年配の女性でした。よっぽど悲しい事件なんだと思いました。幼い子どもが亡くなったのでしょうか。女性は傘もささず一心不乱に祈っていました。

ふと女性と視線が合いました。

あまりにも痛々しい女性の姿に、思わず私は声をかけていました。

「あの、御愁傷様です」

女性は笑顔を浮かべました。私は、軽く会釈をしてその場を立ち去ろうとしましたが、「待ってください」と引き止める声が背中に掛けられました。女性は「ぜひ、手を合わせていってくれませんか？　孫娘も喜びます」と言うのです。

拝んではいけない——もちろんそう思いましたが、無下にしてしまうのもなんだか悪いような気がして躊躇していると、女性が頭を下げてまでお願いしてきました。私は、仕方なく花束の前に立ちました。

目を瞑っただけですぐに立ち上がった私に、女性は満面の笑みでお礼を述べました。

その日の夜。私はもやもやとした嫌な気持ちのまま眠りに着きました。深夜、不意に目が覚めました。体を動かそうとしても動きません。金縛りだと焦るも全く動かず、何か重い物が足先から胸の方へ上ってきました。それは胸に到達し、さらに上へと進んできます。

「きゃははは！」

突然、耳元で幼い子どもの笑い声が聞こえました。次の瞬間——右半分が潰れた女の子の歪んだ笑顔が目の前に広がります。

下からは呻き声が聞こえます。

「たすけてぇぇぇ」

急に体が軽くなったと思ったら、顔が間近に浮かびました。若い女性の顔でした。それも女の子と同じように右半分が潰れていました。

はっと目を覚ますと、朝日が部屋のなかに差し込んでいました。身体中が汗でびっしょり濡れています。変な夢を見てしまったのかと周りを見渡すと、私は思わず声を上げてしまいました。窓際の壁に赤い手形がペタペタとついていたのです。小さな子どものような手形が。

私は家を飛び出して、図書館へ向かいました。

電柱の前に来ると、二人のおばさんが話し込んでいました。

「またあの家族亡くなったらしいわよ」

「娘さんにお母さんもでしょ？　不幸続きでなんだか怖いわね」

「娘さんが寂しくて連れていったのかしらねぇ」

「毎日花束をお供えしてたのに？」

母の声が響きました。拝んではいけない――。

第八十五話　封印

黒谷丹鶴

「あれは封印石だったの」

指差して、その子は言った。

「どかしちゃダメだったんだよ」

道路向かいの工場跡地にマンションが建つことになり、工事が始まった日、私は小さな女の子と知り合った。

「詳しいね」

白いブラウスに紺の吊りスカートという格好は小学校の制服のようで、七、八歳に見える。

彼女は利発そうな顔をしかめ、クレーン車で運び出される岩のような大石をにらんでいた。

「食べる？」

ミルク味の飴を差し出して話しかけると、その石の謂れを教えてくれた。

「昔ここでじっけんしっぱいして沢山死んだんだよ。祟りがあるからえらい人が封印したんだって」

亡き両親が買い求めた家で私も数十年ここに暮らしているが、そんな話は聞いたことがない。

「石どかしちゃったから、またはじまるよ」

何が？　と聞こうと彼女の方を向くと、煙のように消え失せていた。

やがてマンションが完成し、立地が良いことから完売したらしく、入居者が続々とやってきた。

明るい顔で引越して来る人々が幸せそうで、私は玄関先を掃きながら微笑ましく眺めた。

「みんな死ぬよ」

不穏な声に振り返ると、数メートル先にあの子が立っていた。

「こうやって血を流して……」

表情のない顔にツーッと赤いものが垂れてくる。それはぽたりと白いブラウスに滴った。

みるみるうちに彼女は真っ赤に染まり、血がボタボタと地面に落ちていく。

「ひっ」

私は思わず後退る。

「あそこが死に絶えたら次は横」

三メートル。

「その次は前と後ろ」

二メートル。

「どんどん死んでいくんだよ」

一メートル。

気のせいじゃない……まばたきするたび女の子が近付いてくる。

「た、助けて」

私は腰を抜かして地べたに尻もちをついた。

血染めの女の子は、もう鼻先まで迫っている。

「いいよ、お姉さん飴くれたから赦してあげる」

彼女はニタァっと笑った。

「でも、あたしが赦しても皆は無理だよ」

そう言ってゆっくりマンションの方を向くので、私も視線を追ってそちらを見た。

マンション入口のやや横、地面に黒い穴がぽっかり開いている。

そこから人の頭が生えたかと思ったら、ずるんと顔を出して黒い影が這い上がって来た。

「……!?」

目が離せずにいると、影は穴から噴き出すように続々と現れ増えていく。

それらは笑いさざめきながら、わらわらとマンションのエントランスに入って行った。

「飴ちょうだい」

女の子が手を伸ばして来る。

私はガクガク震えながらエプロンのポケットから飴を掴み出した。

「ありがと」

嬉しそうに受け取ると、彼女は声をひそめて言った。

「三日。それ過ぎると追いかけて行くから」

私は必死に何度もうなずいた。

その日のうちに夜逃げ同然で引越したが、あの後マンションや付近の人々がどうなったか、知りたいと思ったことは一度もない。

第八十四話　お部屋探し

めけめけ

パーン！


「あれぇ？　おかしいな」

不動産めぐりの最中、三軒目のアパートの一室で私は違和感を覚えていた。

「どうかなさいましたか？」

不動産業者がいぶかしげに私を見る。

「いや、そのぉ、たいしたことじゃないんです。ちょっとした、まじないみたいなものでして……」

「まじない……ですか？」

知り合いから教わった方法を軽い気持ちで試してみた。

「妙な気配を感じたら、こういうふうに手を叩くんです。霊とかその類の物がいる部屋っていうのは、音の響き方が違うって言うんですけどね」

玄関からダイニングキッチン、風呂場、トイレ、そして奥の部屋で手を叩く。確かに、奥の部屋だけ、反響がおかしい気がする。家具の置いていない部屋は大概、手を叩いた反射音がまっすぐ返ってくる。しかしこの部屋だけは音が何かに吸い込まれたかのように返ってこない。私は違和感の正体を探ろうと、しばらく気になる部屋を静かに眺めていた。

「お客さん、もう少し見ますか？」

私は失礼なことをしてしまったと思いながら、もう結構ですと言って切り上げた。不動産屋は戸締りを確認し、私は先に部屋の外に出た。どうにもあの部屋が気になって外から中の様子をうかがっていた。不動産屋はズボンのポケットからカギを取り出して戸締りを始めた。私は一歩下がり、不動産屋の肩越しにドアが閉まるぎりぎりまで部屋の中を覗いていた。

〝ガチャ〟とドアが閉まる瞬間〝チィっ〟と誰かが舌打ちをしたような音が聞こえた。

〝あれ？〟と私は声を上げた。不動産業者は鍵を差したまま怪訝な顔で振り向いた。

「どうかされましたか？」

「いえ、別に……」

彼は、客の前で舌打ちをするような失礼なことをするような男ではない。だとしたら、今の音は一体誰の……。

結局私は最初に見たアパートを借りることにした。それから数年経ったある日、そのときの不動産業者と隣町のスナックで偶然一緒になった。

「その節はお世話になりました。そういえば、あのときの候補だった……最後に見た物件、覚えてますか？」

「えー、私が手を叩いて……」

パーン！

私はあのときのように、手を叩いてみせた。

「もう、時効なんで、お話ししますけどね。私、聞こえたんです」

「聞こえた？」

「あの部屋を出るときに確かに聞こえたんです。ドアを閉めて、カギを掛けようとしたとき……」

「チィっ！」

私は、舌打ちをして見せた。

不動産屋は目を丸くして、私を見つめながら、パーンと手を叩いて見せた。

「これ、なかなか、いいですね。わたしも自分の部屋を選ぶときは、やってみることにします」

「お客さんには勧めないんですか？」

「えぇ、勧めません」

「そうですか」

不動産屋はにんまりと笑いながら言った。

「えぇ、そういうものです」

第八十三話　お片付け

因幡雄介

俺がひとり暮らしをしている、男友達の家に飲みに行ったときの話だ。

コンビニでお酒とおつまみを買って、友達と仕事の愚痴を言い合った。明日は休みだったので、夜通し飲み続けるつもりだった。お互い酒が強かったというのもある。

夜中の十二時。急に眠くなった。友達はソファで横になって寝ている。ならいいかと、俺も横になって眠ってしまった。

次の日。起きると、窓から太陽が差し込んでいた。机には、飲み残した酒と食べ物がある。

昨日酔ったいきおいで、本棚にある本を数冊床に落としてしまった。友達がそのままでいいと言うので、片付けてくれると思い、ほうっておいた。それが、本は本棚に戻っている。

友達はソファで寝ていた。誰が片付けたのだろうか？　寝ぼけて片付けてしまったのだろうか？　それとも夢だったか？

気になったので、友達を無理やり起こして聞いてみる。

「ああ、彼女が片付けてくれたんだろ？」

目をこすり、不機嫌そうに、友達は訳のわからないことを言った。

彼女なんているわけがない。ひとり暮らし用の狭い部屋なのだから、隠れることだってむずかしい。

くわしく聞いてみると、どうやら元彼女の生き霊らしい。一方的に別れてしまったので、未練があるのか、真夜中になると部屋を片付けてくれる。本の配置に癖があると教えてくれた。俺にわかるはずがない。友達も眠ってしまうので見ていないが、その癖で彼女だと確信を持ったようだ。

いちど生き霊に会いたかったのと、おもしろそうなので、それからも友達の部屋に飲みに行った。だけど真夜中になると必ず眠くなり、彼女に会うことができない。業を煮やし、不意打ちで出会うことを思いつく。

友達の部屋はマンションの二階だ。窓が大きいのが特徴的で、北から双眼鏡でのぞくことができる。北には公園があってなかをのぞけるので、友達に双眼鏡を持たせて公園に行かせ、幽霊が出てきたら携帯で教えてくれと頼んだ。

真夜中。友達の連絡を玄関の前で待っていた。さすがの生き霊でも、部屋の外では、睡魔を生者に与えることはできないらしい。鍵は開いている。携帯が鳴ったら、ドアを開けて、霊をご拝見だ。

三十分たった。携帯は鳴らない。

今日は霊は出てこなかったのか？

誰かがこちらに向かってきた。友達が血相を変えてやってくる。どうしたのかと聞くと、マンションの外まで連れて行かれた。

「今日はお前の家に泊めてくれ！」

「はっ？」

理由を聞いても話してくれない。友達は震えているだけだった。しかたがないので、生き霊とのご対面はあきらめた。

後日、友達は別のマンションに引っ越してしまった。どうやら彼女ではなかったらしい。言葉では言いあらわせない何かが部屋を片付けていて、いつか自分も片付けられそうだとおびえていた。

第八十二話　婦人

木場水京

駅前の、とあるビルの前で俺は人を待っていた。友人はいつも待ち合わせの時間に来ることはない。大概、十分から三十分は平気で遅れてくる。

今日も同じだ。既に十分が経過しているから、もう少しで来るとは思うのだが……。

腕時計を見ながら待つ間、晴天の空から容赦なく日光が降り注ぐ。暑さで汗が額を濡らしている。まだ行動もしていないというのに、ここに立っているだけで運動をしたかのような汗の滴りようだ。

ハンカチで汗を拭おうと、ポケットに手を突っ込んだとき、自分の隣に人がいることに気が付いた。白い帽子を被った女性だ。ベビーカーを押しているところを見るに、赤ん坊がいるのだろう。

だが、赤ん坊はベビーカーの中にいなかった。女性は赤ん坊をおんぶしていて、その子をあやしている。ベビーカーに乗せればいいものを、なぜわざわざおぶっているんだ？

俺の視線に気づいたのだろう、女性と目が合ってしまった。女性は少しはにかむと、軽く会釈した。

「ごめんなさい、うるさかったですか？」

「あ、いや、元気なお子さんですね。でも暑いのに、ベビーカーに乗せないのかと、その、少し不思議に思ってしまって」

「ああ、それがベビーカーに乗っているのを嫌がって、おんぶがいいって駄々をこねちゃって。それで、仕方なく……」

「そうなんですか？　嫌がる？」

「ええ、子供によって違うようですけど、この子は私の姿が見えないのが嫌らしくて、ベビーカーが好きではないんです。乗せているとぐずってしまうんですよ」

そういうものなのか。子供はいないから、そういうのはわからなかった。赤ん坊は自分の指をしゃぶりながら、俺のほうを眺めている。やっぱり小さいな。俺もいつか赤ん坊を抱くときが来るのだろうなあ。

女性と世間話をしていると、やがて離れたところから友人が声をかけてきた。

「お友達ですか？　すっかり長話をしてしまって、すみません。では私はこれで」

「ああ、こちらこそすみません、それじゃあ」

女性と別れると同時に、友人が近寄ってくる。

「おいおい、お前人妻となにいちゃついてるんだよ」

「うるさい。それよりもまた遅れやがって」

「ごめんごめん。でも、大変そうだったな。さっきの人」

「大変？　なにが？」

「ベビーカーにも赤ちゃん乗せて、背中にも赤ん坊いただろ？　抱っこ紐も使わないでさ」

「いや、赤ん坊は背中の子だけだったろ？」

「いやいや、なに言ってんだ二人いたって」


俺たちは顔を見合わせて、ぱっと女性の方へと振り向いた。背中には、さっきまであやしていた赤ん坊の姿はない。

「おぎゃあ」


どこからか、はっきりそう聞こえた。

俺たちがその場を走り去ったのは、間もなくのことだった。

第八十一話　ナースコール

川原豊

深夜の病院。昼間の喧騒も消えた世界。静寂と薄暗がりの中、今夜も私はいつもの病室へ足を運ぶ。

ナースたる者、患者の選り好みをするのは悪い事だとは分かっているのだが、あの病室へ向かうのは正直、嫌だ。

毎晩あの患者一人のわがままで何度、私が呼び出され振り回される事か。

ましてや、私の担当する患者の死亡率の高い事実。

まるで、私が担当する入院患者達は死神に魅いられているかのようだ。

今夜も執拗に鳴り響くナースコールに私は呼び出され、些細な用や嫌みを聞く事を繰り返す。

それでも、あの患者も亡くなるのでは……と考えれば、今は親切にしなくてはとも思う。

だが、実のところ、今あのベッドにいる患者はそう重い病気では無いのだ。

自らを死病と思い込み、勘違いをして自棄になっている患者のわがままの相手をする事ほど嫌な仕事は無い。

だが、もしもの事があったらと思うと……。

ナースである私は、今夜もナースコールに応えていつもの病室、いつもの患者の元へ重い足取りで向かう。

＊

やっとベッドから降りられる日がやって来た。

一時は自らの病を死病と思い込み自暴自棄になり、周りにあたり散らした。

しかし、それも自分の勘違いと分かると病状はみるみる良くなり、ようやくベッドから降り、動ける運びとなった。我ながら都合の良い身体である。

……まずは、毎晩のように呼びつけてあたり散らした、あのナースに謝らなくてはな……

ナースセンターに向かう。

「私が深夜に何度も呼び出して迷惑をかけた、あのナースはいませんか？　ぜひとも謝りたいのですが……」

受付のナースが怪訝な眼差しで私を見る。

「毎晩のように私が呼び出した、あのナースですよ。ほら……」

私はナースの名前を告げた。

受付のナースは尚も怪訝な眼差しを向けて私に告げた。

「私も当直で何度も深夜勤務をしていますが、貴方様からのナースコールは一度も聞いていいませんし、そのような名前のナースはここには居りませんよ」
ならば、毎夜、来ていたあのナースは誰だったのだ？
また夜がやって来た……足音が近づく……あのナースだ……。
私は布団を被りベッドで震える。
彼女は誰なんだ？　来るな！　来るな！　来るな！　来る……
「こんばんは……具合は如何ですか？」

第八十話　教室の花

ぴろ

私は、学校に着いた。

いつも通りの朝、チャイムが鳴り、遅刻ギリギリ!!

下駄箱で上履きに履きかえて、階段をかけ上がる!!

教室に入ると、私の席に、花瓶に入った花が飾られていた。

ナニコレ？　イジメ？　私は、死んでなんか居ないわ！

「おはよう……？」

おそるおそる、クラスメートに声をかけた。誰も答えない……。

これって……イジメだ。私は花瓶をどけて、窓際に置いた。

席につこうとしたら、机と椅子がない!!

「あら？　何故ここに来たの？」

担任の先生だ。

「先生、私の席……！」

「生きているから無いわよ！」

「はぁ？」

「帰りなさい!!」

先生は、厳しく叱るような口調で、私に言った!!

先生も私のイジメに荷担している……ヒドイ、ヒドイ!!


そこで私は、目が覚めた。身体があちこち痛い……って、ここ病院?

「良かった~!!」

お母さん……。

「私、学校に行ってた……」

「そっか……。でも、しばらくは学校に行けないね……」

私は、点滴やら、包帯巻かれて、脚はギブスで固定されていた。

「無事で良かった……」

お母さんが、泣き崩れた。

「私、何で病院にいるの?」

「事故」

「事故……?」

何だろう……。私、何で事故に? こんなにぐるぐる巻きにされて……。

確か私は、自然教室に出かけていたハズ? 自然教室……何やったっけ? 朝早く、バスに乗って、出発したんだよね？　仲良しと座席が離れていたから、私は、眠かったんで、眠っちゃった……。

「ニュースです」

病室のテレビが、ニュースを流す。高速道路を撮す、ヘリコプターの画像……。ぐちゃぐちゃの乗用車と、前がへこんだ大型トラックに、脇の岩肌にぶつかり大破した観光バス！

「……自然教室に向かっていた……◎◎中学の……」

うちの、中学？

「……一名意識不明の重体、他、全員死亡……」

意識不明の重体は、私？

やっと学校に行けるようになった。車で校門まで送ってもらったら、マスコミ記者が、私を囲む。先生たちが駆けつけて、マスコミを追い払う。知らない先生が、松葉杖ついている私の荷物を持ってくれて、付き添ってくれた。

教室の机は、花と写真で飾られている……。

私以外。

第七十九話　ふざけていた

木全伸治

あれは、ただふざけ合って騒いでいただけだった。学校帰りの駅のホーム、友達とワイワイ騒いでいた。ふと騒いだはずみで友達の一人とぶつかり、その子がホーム下に落ちた。キキキィという電車のブレーキの音がいまでも、はっきりと耳に残っている。その場にいた他の友達は、私を庇って、その子がスマホを見ながら歩いていて誤って落ちたと証言した。

実際、その子は歩きスマホをしながら私たちと喋っていたので、大人は誰も私を疑わなかった。


あれから六年後。

普通の会社に就職し、普通のＯＬになり、家に帰るためホームで電車を待っていた。

すると制服姿の女子高生の集団とすれ違い、その中の歩きスマホをしていた子とぶつかった。

「あ、ごめんなさい、おばさん」

その子はすぐに謝ったが、ボケっと電車を待っていた私は、何か引き寄せられるようにふらふらとホームの下に落ちていた。

その子がホームの上から慌てて私に手を伸ばす。

「危ない、早く上がって！」

だが、私は、一瞬躊躇した。

手を伸ばした子の顔が、あの、高校のとき私がぶつかった友達の顔そっくりに見え、再び、電車のキキキィという急ブレーキの音を私は耳にしていた。

第七十八話　雨の中で。

あおいろ

私は夜の路地裏を駆け抜けている。

自宅へと帰る近道だけれど、今日はいつも以上に急ぎ足になっていた。

辺りは真っ暗で厚い暗雲に覆われている。叩きつけるような豪雨が降り、遠くの方では稲光が轟いた。

(――今日の私はウッカリだったわ。この馬鹿)

傘代わりの鞄は役に立たず。おかげで頭につけたシュシュからピンクの靴下まで水浸しである。

ここからは一本道だけど、まだ家まであと少し。

(もう、最悪だわ。……早く着かないかな)

と愚痴をこぼす。

だがしかし、ふと同時に違和感があった。

バシャバシャバシャ……。

と走り、止まる。
すると、間髪入れずに後ろから、――
バシャバシャバシャ……。
と全く同じ足音がしていた。
振り返るが誰もいない。だけど確かに人の足音だった。
バシャバシャバシャ。
バシャバシャバシャ。
(やっぱり、誰かいる!?)
私はまた走り出した。もう何も気にせずに全力疾走だった。
バシャバシャバシャ。
雨の中で。

バシャバシャバシャバシャ。

あれからも相手はついてきている。まだ追いつかれていないが、後ろの足音は大きくなっているようだ。

(なんか、ヤバそう)

この雨の中でどうして距離を縮められるのだろう。それがとても怖かった。

そのとき、――

ドーーン。

と稲妻が近くに落ちたようだ。次も同じようになるかもしれない。

(あ、見えた)

気がつくと、百メートルぐらい先に自宅のマンションがあった。

もう満身創痍である。髪の毛が肌に張りつき、息もあがり、足はへろへろとなっている。

しかし、ここで止まれば確実に危ないだろう。今は何でもいいから、早く中へと逃げ込もう。

そう思った。すると、――

バシャバシャバシャバシャバシャバシャ。


足音がもう、すぐ側から聞こえていた。

私は駐車場を直進する。表玄関のガラス扉を力いっぱいに開けて敷地内に入った。

が、――

(しまった、セキュリティ!!)

このマンションはガラス扉の後に自動ドアがあり、専用の鍵で開けないといけない。これじゃあ行き止まりだ。

(鞄から出さないと、――)

バシャバシャバシャバシャバシャバシャバシャバシャバシャバシャバシャバシャバシャバシャバシャバシャ。タッタッタ。

あの足音が、中に入ってきた。

私が後ろを振り向くと――


雨の中で。

ド━━━━━━━━━━ン。

「きゃあ!!」

そのとき、同時に駐車場に雷が落ちた……。
想像以上の轟音がしたら、地面に張られた水の膜が弾けて飛ぶように見えた。

それからは雨が降る音だけが響いている。最初から何もなかったように。
やっぱり私以外は誰もいない。
あの足音はいったい何だったのかしら。

第七十七話　トンネルの向こう

砂神桐

家の近くにトンネルがある。

古くて薄暗くて、いかにも何か出そうな風情だが、何か出たという話を聞いたことがない。

理由は簡単。そのトンネル、めちゃくちゃ短いんだ。

長さは二メートル程度。こちからあちら側は丸見えで、トンネルである以上薄暗くはあるけれど、筒抜け状態だから怯える必要がまったくない。

そんな何もないトンネルだけど、かなり昔から地元の人間は誰もここを利用しない。

短くて向こうが筒抜けのトンネル。覗いた先には古ぼけた神社が見える。

そこの鳥居の真ん中に、いつも小さな女の子が座っていて、見るたび、おいでおいでと手招きをする。

でも、そこに神社はないんだ。

昔は小さな神社があったらしいけど、いつからかなくなって、今は荒れ地が広がるばかり。

別ルートからトンネルの向こうに出れば、雑木だらけのその土地が確認できる。

でも、トンネルのこちらから覗くと、荒れ地の場所には神社があって、女の子が手招きをする。

トンネル自体には何もいない。でも、そこを抜けて向う側へ出たとき、本当はない筈の神社が存在してないという保証はない、むろん女の子もだ。

だからこのトンネルを地元の人間は誰も通らない。

女の子の正体は何かって？　トンネルを通って確かめに行った人がいないから……知らないよ。

第七十六話　風はなかった

東堂薫

友人は、ある時期、とてもヤバイ体験をしていました。
きっかけが、なんだったのかは、よくわかりません。
女友達と、ふざけて心霊スポットに行ったようなことを、話していた気もします。

友人は、高校卒業後、働いていました。
行き帰りは市バスです。
雨の日。
市バスの窓から外を見ていると、電話ボックスのなかに女の人がいました。
人がいるなと思いながら、バスが通りすぎる瞬間、ふりかえったそうです。
電話ボックスのなかは無人でした。

妙なことは、まだ、あります。
僕は大学の夏休み、ひさしぶりに、友人の家に行き、怪奇な体験の数々を聞きました。
異変は家でもありました。

友人の寝室は二階です。
家族は、みんな一階でした。
なのに、夜中、階段をあがってくる足音がします。
見ても、誰もいないのです。
あるとき、寝室で昼寝をしていると、また、トントンと足音が聞こえました。
寝ぼけた友人は、兄が帰ってきたのだと思ったそうです。
薄目をあけると、入口に黒っぽい人影が見えました。男です。
男は近づいてくると、寝ている友人の上におおいかぶさってきました。

「食わせろ」と、言って。

違う、これは兄じゃない――！
友人は、飛び起きました。
けれど、誰もいません。

変な毛の伸びてくる、ぬいぐるみも見せられました。
有名なキャラクターでしたが、そうは思えないほど変わりはてていました。

何というか……目つきが、ふつうじゃなかった。

全体が白いのに、落ち武者のように、ザンバラの茶色い毛が、何本も生えていました。

もちろん、最初から、そんな造形のキャラクターではありません。


そんな話を聞いたあと、僕は帰ることにしました。

「じゃあ、またね。帰るよ」

そう言って、僕が立ちあがった瞬間です。

テレビ台の上に、つまれたビデオテープが、一本、飛びました。一番上の一本だけです。

夏なので部屋はしめきり、クーラーをかけていました。エアコンは遠く、風があたるはずはありません。

僕らのすわっていた場所から、二メートルは離れていました。僕が立ちあがったときの振動で落ちたとも思えません。

しかも、ただ落ちたんじゃない。

あきらかに、飛んだ。

テレビ台から、一メートルも離れた場所に……。

崩れやすくなっていたなら、つまれていた他のビデオテープもいっしょに崩れたはず。

「……きっと、帰ってほしくないんだねぇ」と、友人は、つぶやきました。

その後も、数年にわたって、そんな現象が続いていたようです。

なぜ、〝ようです〟なのかって？

友人は年々、つきあいづらくなっていきました。
まるで、人柄が変わったように。
今では交友もありません。

あきらかに異様な気配のあった、あの家のなか……。
今でも元気にしてるのか、ときどき、心配になります。

第七十五話　白電話と人形

化道祐生

幼い頃の記憶にこびりついた恐怖。

幼稚園の頃、私は夏休みになると海外の別荘に頻繁に連れていかれていた。

造りは、リビングとキッチンと寝室の三部屋。

そしてそれを繋げる長い廊下の先に、トイレと風呂が一緒のユニットバスがあった。

寝室にはキングサイズのベッドがあり、家族三人でそのベッドに入り夜を明かす。

そんな寝室には、白い固定電話があり、そこの「♪」マークボタンを受話器を取って押すと〈エリーゼのために〉の曲が流れた。

当時の私は、その曲に何故か惹かれていた。

寝る前に白電話の受話器を取って耳に当てると、〈エリーゼのために〉を聴く。

その心地よいメロディーが私の眠気を誘い、そのまま深い眠りへと落ちていった。


暫くして、尿意で目が覚める。

トイレは、長い廊下の先。

お漏らしをしないためにも、行くしかない。

そう思いドアノブに手を伸ばすと、何故か不思議な音が外から聞こえた。
恐る恐るドアノブを回し、慎重に廊下を覗き込む。

「ひっ！」

恐怖のあまり、慌てて寝室の扉を閉めた。
あり得ない……日本人形やフランス人形が大量に廊下の両サイドに並び、一部が歩いていた。

「ママ、パパ、おきて‼」

両親を必死になって揺すり起こそうとするが、全く起きない。
何でこんなときにと混乱するが……もう尿意はそこまで来ていた。
トイレに行くにはその廊下を歩くしかない。
だが、廊下には大量の人形がいる。
私は意を決して扉を開けると、人形がいる廊下を一目散に走ってトイレに入る。

……あれ、外から人形の音が消えた？

何が起きたのか気になり、ゆっくりとドアを開けると、そこには先ほどまで歩いていた人形が、ドアの周りを囲んで止まっていた。

そして、沢山の人形の顔がカクッと一斉に私を見上げる。

そこからはもう、どうやって寝室まで戻ったか覚えてない。

ただ、必死に走った。

走って、走って……次の瞬間、私は寝室で叫ぶように飛び起きた。

あの経験は全て夢だったのだ。


そして翌日。

白電話の受話器から、〈エリーゼのために〉を聴き、そのまま眠った。

すると、尿意でまた目が覚める。

昨日の夢と全く同じ展開に驚き外を見ると、やはり人形が大量にいた。

後は同じだ。


そしてまた翌日。

〈エリーゼのために〉を聴いて眠ると、尿意で目が覚めた。

諦めにも似た感情が生まれる。
トイレに行かないと目が覚めないことも知っている。
三回目の同じ夢のスタートダッシュは速かった。

さらにまた翌日。
〈エリーゼのために〉を聴こうと受話器に手を伸ばし、ふと止まった。
もしや、コレが原因ではないか。
そう思い、曲を聴かずに寝たその晩。
夢を見なかった。

アレから月日が経ち、高校に入ると、私はこの体験を友達に話して聞かせた。
「それ、やばくない？　悪夢って繰り返し四回見たら呪われたり、死んだりするらしいよ」

私が見た夢の回数は三回。

第七十四話　つれていくもの

遠山落陽

出版社の営業をしていた頃、年に数回、泊まりがけで大阪へ出張する機会があった。大阪駅周辺には大型店から小型店まで多くの書店が密集していて、効率よく回れるという利点はあるのだが、ひとつやっかいな問題があった。

梅田地下街だ。

ここにも複数の書店があって、往来が多いから売れ行きもいい。注文ももらえるのだが――なにしろ迷う。だからあるとき小さな女の子に地下街で呼び止められた際には、知らん顔をして逃げてしまおうかと思ったほどだ。

「なあ、○○○つれてってや」

泥か何かで茶色く汚れた服を着た五、六歳の少女だった。地元の子のようだし、であればなおさら私が案内できるはずもない。だいたい場所もよく聞き取れない。

なあ、となおも袖を引かれて困っていたら、どないしたん、と主婦らしい女性が声をかけてきた。事情を話しつつ女の子を顧みると、いつの間にかいなくなっている。別の人を頼ったかと安堵して、それきり少女のことは忘れてしまった。

半年ほど経った頃、大阪出張の夜にひとりで立ち飲み屋に寄ったときのことである。

常連らしい年配男性に、なんの気なしにそのことを話すと、彼はとたんに顔色を変えた。

「そら放っといて正解やわ。ソレ、土地のもんやない人に道案内せえって声かけよんねん。親切に手ぇ引いてったが最後、はっと気づいたらその子はおらんようになっとって、ひとりでどっかわからんとこに迷い込んでしもててな。ほんで大事な商談やらに間に合わんくなってエラい目に遭うねん」

燗酒をあおり、熱かったのか渋い顔をした。怖いですねと言うと、怖いことあれへん、迷惑なだけやと首を振る。

「ぼくな、ちっさい頃それで親の死に目に会われへんかってん」

なんやまだおんねんな、と遠い目でつぶやいて顔をしかめ、おあいそ、と手を挙げた。

第七十三話　日曜日のきまぐれ

長瀬　光

ありふれた日曜日の朝、僕はコンビニの前に設置された円筒形の灰皿の前で一人タバコを吸っていた。

近頃は喫煙者に対する世間の風当たりもずいぶん冷たくなった。

休日の早朝、誰もいない時間帯を見計らってコンビニの前でゆっくりとタバコの煙を吐き出すことは、僕の人生のささやかな楽しみの一つになっていたのだ。

ちょうど二本目を吸い終わった頃、黒い服を着た一人の男が僕に近付いてきて、こう言った。

「私に、お金をくれませんか」

「何か面白いことをしてくれたら、あげてもいいよ」

気分が良かった僕は、気まぐれにそんな風に答えた。

「それじゃあ、私についてきて下さい」

面白そうだったので、僕は男についていくことにした。コンビニ前の広い道路を横切り、右へ左へ思いがけない速度で歩いて行く男。

いつの間にか、これまで僕が足を踏み入れたことのない、薄暗い路地に案内されていた。

どこからか、ひやりとした不気味な風が吹き込んでくる。僕は、すぐに自分が間違った選択をしてしまったことに気付いた。

男は、入り組んだ暗い路地を更に奥へと進んで行く。何度か逃げようとしたが、無駄だった。僕が足を止めるたびに、男はタイミング良く振り向いて、僕を睨みつけるのだ。

こんな狭苦しい路地では、走って逃げるわけにもいかない。あっという間に、追いつかれてしまうだろう……。

おもむろに、男がしゃがみ込んだ。足元にある、マンホールの蓋を開けているのだ。

僕に入れと、身振りで示している。仕方なく、僕は鉄の梯子を下った。

地下世界は、ひどい臭いだった。もの凄い勢いで、汚水が流れている。人が歩けるのは、ごく僅かな幅の通路だけ。足を滑らしたら、それこそ一巻の終わりだろう。

背後からは、男が僕に速く歩くよう、プレッシャーをかけてくる。思わず、泣きそうになった。

僕の人生は、こんな所で終わってしまうのか……？

そのとき不意に、男が僕の肩を叩いた。前方にある、鉄の梯子を指差している。

僕は、男の要求通りその梯子を上り、マンホールの蓋を開けた。

頭上に広がっていたのは、馴染み深い光景。見慣れた銀色の円筒形の灰皿が、昇り始めた太陽の光を浴びて鈍く輝いている。

再び、先ほどのコンビニの前に舞い戻っていたのだった。

僕は、マンホールからのっそりと這い出してきた男に、震える手でタバコ代ほどの小銭を手渡した。

男はその金を受け取ると、風のように笑いさざめきながら、都会の中を斜めに走り去って行くのだった。

第七十二話　ノブさんは今夜も

八橋真昼

　残業で終電逃すのは初めてか。まあ何もない部屋だけど、そう固くならないでくつろいでってくれよ。

　ああ、あれも気にしなくていい。

　もう随分昔、俺が子供の頃だから二十年くらい前か。近所にちょっと変わったおっさんがいたんだ。

「ノブさん」て俺らの間じゃ呼ばれてた。けど、それはそのおっさんの名前じゃない。本名は覚えてないし、最初から知らなかったのかもしれない。ノブさんは、夜中に酒が入りすぎると自分の家がわからなくなるのか、人んちのドアノブをガチャガチャした。うちも含めて、その辺一帯の家はだいたいやられてた。

　ドアノブをガチャガチャするからノブさん。勿論、鍵をかけてりゃ入ってはこれない。何軒かから苦情はあったみたいだけれども。

俺はノブさんがそんなに怖いわけじゃなかった。けど、母ちゃんから「そういう人もいるから鍵をかけるのはちゃんとしろ」ってのは徹底して教えられた。誰かの家に入って悪さしたとかそういう話は聞かなかったけど、それでも自分の家もわからなくなった酔っ払いなんて危ないからだとは思う。

とはいえ今とはちょっと時代も違うし、その頃住んでたのは戸建てだったのもあって、ノブさんのせいで眠れないわけでもない。そういう人もいる、っていう生活だった。

そりゃあトイレに起きたとき、急に玄関でガチャガチャやられたときは、びっくりはしたけどな。

そのノブさんは、俺が中学に入る前くらいにあっさり死んだ。いつもどおり酔っ払って、道路にふらっと出たらしい。そこをトラックに撥ねられて即死。誰が見てもノブさんが悪い事故だったそうだ。

ノブさん、ドアノブはガチャガチャしたけど、昼間は近所の工場で働いてた普通のおっさんだからな。そこをクビにならない程度に素面なら害はなかったし、車に撥ねられても大丈夫な不死身の化け物とかじゃねえから。

父さんと母さんは町内会のつながりで葬式にだって行った。

けど少ししたら、俺たち子供の間では噂が出た。ノブさんは死んだ。死んだのに、まだ、ドアをガチャガチャされるってな。

死んでないとか、幽霊だとか、模倣犯だとか、果ては生き返ったまで……噂の尾鰭は付き放題だった。

そんなとき、勇敢といえば勇敢だし、阿呆と言えば阿呆なやつが自分が見ると言い出した。簡単だ、やられたときに玄関扉ののぞき窓から見るだけ。

確かにそれはノブさんだったらしい。ただ、〝事故の後バージョン〟の見かけになってたそうで、そいつはしばらく肉が食えなかったらしい。

まあ、俺は一度も見たことないんだけどな。

とにかく、そういうわけだから。いまドアの方でガチャガチャ言ってるけど、お前は気にしなくていいぞ。

けど、朝まで開けるなよ。

絶対。

「この家の話じゃないんですよね」……だって？
そうだが、来るんだもんよ。
ノブが回される。こっち側にいりゃあ、ずっとそれだけの話だ。

第七十一話　金魚

落花枝

「あらあ、可愛いお嬢ちゃんだねぇ」

町内夏祭りからの帰り道。知らない婆ちゃんがすれ違いざまに言ったのだけれど、辺りを見回したって僕一人しかいない。

ボケ老人の独り言か？

そのときは、それほど気にも止めなかった――。


異変を感じたのは、帰宅してシャワーを浴びた後。

浴室から出ようとドアを開けたとき。視界の端を、オレンジ色の何かがちらついた。

（――何だ？　今のは）

頭が形をはっきりと認識する前に消えてしまったのだけれど、確かに見えた気がした。

静かな脱衣室。照らす青白い明かり。薄暗い廊下に背筋がゾクリとして、僕は着替えもそこそこに、家族のいる居間へと逃げた。

「ねえ、なんか居た！　見えた！」

ぐっしょり頭から滴を撒き散らし騒ぐ僕を、迷惑そうに母さんが迎えた。

「見えたって？　何が？」

「オレンジ色の、何か！　よくわかんないけど、確かに見えたんだよ！」

あやふやな僕の訴えに、母さんの表情はみるみる不機嫌に変わっていく。

未知に遭遇した興奮と恐怖を、今すぐ伝えて共有したいのに。うまく説明できないのがもどかしい。

「そうだ、ああいうやつ。ねえ、本当に見たんだってば！」

指差した金魚鉢の中には、オレンジ色したまんまるい金魚が一匹、長い尾をユラユラ揺らしながら優雅に泳いでいた。


連日の夜更かしで目が疲れているだけだろう。そう言って、家族の誰も取り合ってはくれなかった。怖いから一緒に寝て欲しいとお願いしても、当然聞き入れてはもらえず……。

自室。頭まで被ったタオルケットの中で、僕は生まれてはじめて金縛りに遭った。

耳鳴りがする。遠くから段々と近づいてきて、つま先から痺れが上がってくる。

身体がずしりと重たい。動けない——。

ふと、タオルケットの外に気配を感じて、恐怖のあまり呼吸が止まりそうになる。

（——何？　何なんだよ……！）

その後、気絶するように意識を手放して、何事もなく朝を迎えた。

夢か現か、最後に記憶しているのはお団子頭の小さな女の子の、今にも泣き出しそうな不安顔。

僕に何かを伝えようとしているの？

――何もわからない。

僕を頼ったって、何もしてあげられないよ……。


夏祭りの帰り道。飲酒運転の車に跳ねられて、死んだ女の子がいる。

後日、近所で偶々そんな話を耳にした。

居ても立ってもいられなくなり、僕は事故現場へ赴いた。

きっとこの辺りだろう。少しだけ傾いた電信柱の足元に花を供え、両手を合わせた。

「迷子になった君を、連れ帰ってしまったんだね」


僕の視界の端には今でも、オレンジ色の帯がちらり、揺れている。

ユラユラ、ユラユラ――。

第七十話　二人三脚

つくね

今から十年くらい前の事です。

東北自動車道、佐野藤岡インターを降り、某チェーンレストランの裏へ行くと、細い道が通っていて、登って行くと三階層になった廃墟がありました。

ありました。と言うのは、今は解体されて建物が残っていないからです。

解体の様子は大型スーパーからも見えたので、知っている人も多いかも知れません。

さて、私と友人は、夜道を飛ばして廃墟へ向かいます。

その施設は、元は病院だったとか、レジャーランドだったとか、様々な噂があり、心霊スポットとしても知られています。

暗闇の中にたたずむ不気味な三階層の建物。

明かりは車のヘッドライトのみで、真っ暗な入り口が二人を待ち受けていました。

「じゃあ、行くか」

友人に声を掛けられ、肝だめしの始まりです。

「勇気のほどを見せてくれよな」

友人に促された私は、青ざめていたと思います。

それぞれが懐中電灯を持って屋内へ入って行きます。建物は、東西に長く伸びる構造でした。

「じゃあ、お前はあっちの階段な！　先に幽霊を見つけた方が勝ちだ！」

友人に言われた私は、頷くだけで精一杯でした。

それぞれが、東西の階段に分かれます。

自分の足音以外は、何一つ音のない世界。私は、泣きたい気分でした。

とにかく三階まで上がってから、降りて来ようと思っていました。

辺りは埃っぽく、たまに咳き込みます。

私は、二階を素通りして、三階へと向かいます。


三階は広々とした空間でした。

懐中電灯で辺りを照らします。確かに気味の悪い建物ですが、それだけです。

「幽霊なんかいないじゃん」

私がそう思ったときです。何かが動く気配がしました。

「誰？　誰かいるの？」

私は、〝それ〟を懐中電灯で照らします。

その正体は、人間の下半身でした。下半身だけが、こちらへゆっくりと進んで来ます。

「ぎゃあああ〜！」

私は叫び声をあげて逃げ出しました。床に散らばったゴミに足をとられそうになりながら、階段を駆け降りました。

車の横で震えていると、友人が近付いてきました。

「ごめん、ごめん、驚いた？」

友人は、悪戯の種明かしをします。

先に三階へ着いた彼は、不法投棄されたマネキン人形で驚かそうと考えたようです。

つまり、腹ばいになって人形の足の部分を持って進んでいました。

そのため、私の懐中電灯は、人形の上半身の部分しか照らせずに、人間の上半身が歩いて来ると勘違いしたようです。

ですが、種明かしをされても恐怖は治まらず、震えが止まりません。

友人は知らないのです。私が見た上半身は二つ在った事を……。

第六十九話　カーナビ

砂神桐

友人がついに新車を買ったということで、休みの日に乗せてもらった。

そこまで高値ではないが、今までがかなりオンボロの中古車だったせいか、友人はとにもかくにも大はしゃぎだった。

中でも嬉しそうだったのがカーナビの存在で、前はボロすぎて後付けすることすらためらわれたし、そこに金を注ぎ込むなら新車の足しにと我慢していたから、これでようやくあちこち遠出ができると語っていた。

そうかそうかと聞きながら、男二人で色気のないドライブだけど、新車に慣れる意味も含めて、十キロばかり離れたショッピングモールにでも行こうということになった。

音声認識ナビに場所を告げると、画面表示と音声ガイダンスでルートが指示される。

それが、途中で何故か、まるで違う画面に切り変わった。

一応市内ではあるが、俺の家とも友人の家とも相手の勤め先付近とも違う場所が示され、その一部分で赤いマークが点滅する。

新車に替えたばかりなのに、もう故障してるのか？

そう思い、友人に問うたら、目的地への最短ルートを探す際、渋滞事情なども検索してくれるらしく、その過程で一瞬だけ、関係のない地図が表示されることもあるらしいと説明してくれた。

実際、すぐに画面は元に戻り、その後は渋滞にはまることのない快適なルートを通れたので、そんなものかと納得した。


それから約半年後。

友人が交通事故で亡くなった。


その、事故現場の町名に覚えがあった。

あの日、友人のカーナビに映し出された見知らぬ土地。市内でも読み辛い類の町名だったから、一瞬のことでもはっきりと覚えていたのだ。

どうしようもなく気になり、聞いた事故現場の場所を地図で調べると、どうやらそれは、あの日目的地のマークが点滅していた地点のようだった。

半年も前にカーナビに映し出された、友人が事故死した場所の位置。

友人の死は偶然のものなのか。

それとも、何か得体の知れない力が引き起こしたものなのか。

知りたくても、事故の衝撃で潰れ、壊れて廃車と共に回収されてしまったカーナビが、それを俺に教えてくれることはない。

第六十八話　墓参り

翔

「今年の帰省はなしだ」

父が夏の予定を告げた。

父は仕事、母はパート、妹は大学受験で僕は大学にアルバイト、家族が行かないなら僕も行かない。それぞれの理由で帰省はしない決断となった。

実家には父の弟家族がいる。墓参りの掃除は任せていた。

叔父さんもたいへんだろうなと同情はしていた。でも遠方から行く僕たちもたいへんなのだ。渋滞をかき分けて交通情報を常にチェックだ。いつもうんざりする。おもしろみもない数日を犠牲にしている。

祖父母が亡くなって数年経つが、毎年きっちり帰省していた。

親族含め集まる機会はそう多くはない。息子夫婦や孫が来てくれるのを楽しみにしていた。亡くなってからはその気持ちはわからない。

墓前に立ち、顔を見せ、瑞々しい花を添えて手を合わせる。毎年の恒例行事を怠ると、祖父母はあの世でどう思うだろうか。

お盆休みの予定を考えながらいつのまにかベッドのうえで眠ってしまった。

なぜかとても寝苦しい夜だった。エアコンの効きが悪い。頭がぼんやりしているが台所に行き、水を飲んですこしすっきりした。

夜中に起きるような者は誰もいない。リビングも真っ暗だった。

カーテンを開けたらきっと満天の星空が輝いているだろう。カーテン側に目が移った。

そのとき、目のまわりに力がはいった。

ソファにふたつ影がある。後ろ向きの影だ。どこかで見覚えがある。

幼い頃からお盆や正月にだけ目にした後ろ姿、禿頭の後頭部と頭頂部で纏めている髪型。

祖父母だ。

すうっと立ち上がり振り返る。僕の顔を見ている。

祖父母の蒼白した顔は悲惨なくらい、かなしそうだった。憂いてる。もしかして昼間の家族会議の話を聞いていたのか？

そんな恨めしそうな顔で現れないでほしい。ゆらりと近寄る祖父母に僕は恐怖のあまり体が金縛りになり動けない。

どうやって来たんだ。

腫れぼったい目蓋の下からのぞく眼光。真一文字に結ぶ口。見捨てられたような表情。

恐怖というより罪悪感が僕の胸をしめていた。そのまま意識が弾けた。

目覚めると淡い光がカーテンを照らしていた。家族が起きてきた。その顔は精気が抜けていた。

「お盆、実家に帰るぞ」

父はおもむろに言った。

母と妹は同感という反応を見せた。僕も異論はなかった。

帰省してわかったことがある。叔父さんは勝手に祖父母が眠る墓石から、もっと格安で便利な、境内に納骨できるマンション式のデジタル墓を見つけ、そこに移したという。

骨壺は境内にあるが、祖父母の魂はデジタルの世界へ移行した。

インターネットを通じて遠く離れた僕たちのところに簡単に会いにきた。

これからの時代、魂はインターネットの中で生きつづけられるのかもしれない。

僕は死んでも永眠できない恐怖に、生きているうちから面倒くさくなっていた。

第六十七話　二階はいない

警告

某県内、八月。

毎年、夏休みになるとボクは一人でおばあちゃんのいる田舎に遊びに行った。今年も、夏休みに入るとすぐおばあちゃんの田舎に行ける事になってボクは大喜びだった。

「今年はいけないかと思った」

行くことが決まったとき、お母さんにそう言った。

「おばあちゃん寂しがってるから、アンタが行って元気づけてあげて」

「うん」

今年の初め、おじいちゃんが亡くなった。

おばあちゃんはおじいちゃんと二人暮らしだったから、今は一人であの田舎の広い家に住んでいるんだ。そう思うと寂しそうにするおばあちゃんの顔が思い浮かぶ。早く行ってあげなきゃ、ボクはそう思った。

ボクが行くとおばあちゃんはシワシワの顔を更にシワシワにして、「よく来た〜よく来た〜」と言って何度も頭を撫でてくれた。

着いてしばらくは居間でゴロゴロして、おばあちゃんの切ってくれたスイカにかぶりつき、大音量で鳴くセミの声を聞いたりしていた。

すると――

ドンっ！

いきなり二階の方から何か重いものでも落ちてくるような音が聞こえて来た。

ボクは驚いて飛び上がり、音のした辺りの天井の部分をじっと見つめた。二階は元々おじいちゃんの部屋があった所だ。

じっと見つめ続けていたがそれきり音はしない。気のせいかとも思いはじめたとき――

ドンっ！　ドンっ！

また、同じ音が聞こえた。

「おばあちゃん！　おばあちゃん！」

ボクは台所までおばあちゃんを呼びに行った。

「どうしたね？」

夕飯の支度をしているようだ。

「なんか、ドンドンッって音がする……」

おばあちゃんは小首を傾げてから、

「そりゃあ、ねずみだよ～」

と言ってまな板で魚を切り始める。ねずみにしてはやたら重い音だった。


その夜、夕飯を食べてすぐにボクは眠くなり、客間におばあちゃんが用意してくれた布団の上で寝てしまった。

それからどれくらいの時間が経っただろう。

ボクはあのドンっという音で目を覚ました。

柱の時計が零時を指している、こんな時間にまたねずみだろうか？


ドンっ！　ドンっ！

重く繰り返すその音、布団を頭まで被ってやり過ごそう、そう思ったそのときだった。

ドンっ！　ドンっ‼　ドンドンドンドンドンドンドンドンドン‼

まるで大勢の人たちが足踏みする音が響き、ボクはびっくりしてすぐにおばあちゃんのいる部屋へ走っていった。

ふすまを開けると、何故かおばあちゃんは自分の布団の上に正座して、じっと天井を見つめている。

「おばあちゃん？　ねぇ！　アレ本当にねずみ？　誰かいるんじゃ……」

「………」

おばあちゃんはナニも言わない。

ドンっ！　ドンっ！

音はずっとしている。

「おばあちゃん!?」

すると、おばあちゃんはその場で立ち上がり

「いないよ！　二階には誰もいないよ！」

と、聞いた事もない大声で叫びまたその場で正座した。

その数日後、おばあちゃんは亡くなった。

第六十六話　ドクターフィッシュ

華弥

大学近くのスーパー銭湯にドクターフィッシュの足湯プールができた、と情報を持ってきたのはA子だった。そのまま話は進み、私とA子と、A子の彼氏のB太とで行こうという流れになって、今日、やってきたのだが。

「あんまり寄ってこないね」

足に喰いついてくる魚は、テレビで見たよりもずっと少なかった。とは言っても、指の間をつつかれるとむず痒い気分になるから、初心者には少ない方が良いのかもしれない。

そう考えながら、プールの中央に視線をやったときだった。

人間に寄ってこない魚たちが、プールの床に転がった何かに群がっている。それは、魚と同じくらいの大きさで、ひれと尾のようなものがあって、細くてうっすらと白いものが透けて見えた。

――共食い。

そんな単語が頭に浮かんだ瞬間、足を引き上げていた。

どうしたの、という問いかけに、プール中央を指さすと、ふたりとも共食いに気づいたようだった。

人間は食べないよ～とA子は笑っていたけれど、B太はその光景をじっと見つめていた。

一か月後、私とB太はもう一度ドクターフィッシュ体験に来ていた。

A子とは別れたと聞いた。揃いの指輪もしていない。勇気を出して誘ってみたら快諾してくれたのだ。

今日は仲間の遺体がないからか、魚たちはたくさん寄ってくる。前回より増したむず痒さをごまかそうと、わざと「人間の垢っておいしいのかな」なんて喋ってみた。

B太が見せてくれたスマホ画面には、人間の角質は食べ物がないときの食料だと書かれている。

「今日はごちそうのお肉がないから、仕方なく食べてるんだろうね」

「ごちそう?」

何でもないよ、とB太はごまかす。少し気になったけれど、くすぐったいねと身を捩らせて笑いあっているうちに、私とB太の距離はだんだんと近くなっていった。

(終電逃して泊めてもらうって、ベタすぎるかな)

B太の家のシャワーを借りながら考える。

（今日ずっと楽しそうだったし、悪く思ってはいないよね？）

とりあえず、この後何が起きても良いように、頭の先から爪先まで綺麗にしておこう。

覚悟を決めて浴室をでる。お風呂先に頂きました。そう声をかけようとして、のどがカラカラなことに気づいた。やっぱり緊張してしまう。

たしか、コンビニで調達したお茶を、B太が冷やしてくれているはず。

冷蔵庫の扉に手をかける。

中には見覚えのある指輪をした手首が転がっていた。視界の隅では薄黄色をした棒のようなものがゴミ箱から飛び出している。それにこびりついた赤茶色のかけらが肉片だと気がついたとき、私は、B太があの日プールの中をじっと見ていた理由を理解した。もちろん、さっきの言葉の意味も。

いつの間に来ていたのか、B太がすぐ後ろで私の名前を呼ぶ。

――何が起きても良いように、綺麗にしておいて良かった。

胸に浮かんだのは、恐怖ではなく、場違いな安心感だった。

第六十五話　貸しボート

砂神桐

友達数人と観光名所になっている湖に旅行に行ったところ、そこに貸しボートが置かれていた。ちょうど偶数人だったので、二人ずつ乗ろうということになったのだが、あてがわれたボートを見たとき、私は自分の目を疑った。

ボートの底がない。


どう見直しても舟形の木枠だけが浮いている状態で、湖の底が透けて見えている。

なのに店主はさあどうぞと、私と友達にボートを勧めてくる。

何の冗談だろうと、隣にいる子を窺ったが、ペアを組んだ友達は当たり前のようにボートに乗り込もうとするのだ。

慌てて止めたが、友達や店主の様子を見ていて私はとあることに気がついた。

どうやらボートが底抜けに見えているのは私だけらしい。

理由は判らないけれど、私にはボートの底がどうしても見えない。

だから乗り込む気になどまるでなれず、手を捻ったらしくてオールが漕げないと嘘をつき、足でペダルを漕ぐタイプのボートに変更してもらうことにした。

友達も、そういうことなら仕方ないねと納得してくれて、私達は足漕ぎタイプのボートに乗った。ちなみにそちらの船底はきちんと存在していた。


その翌日、仲間内の一人が湖の土産物屋でしか売っていない限定のお土産を買いたいと言い出し、特にスケジュールを詰めていた訳ではなかったから、全員でもう一度湖に向かった。でも昨日と違って湖周辺に人はおらず、貸しボート店は閉まっているようだった。

土産物屋は一応開いていたので、そこで人の少ない訳を尋ねてみたら、昨日、私達が帰った後、ボートの転覆騒ぎがあったという。

幸い乗っていた人はすぐ救助され、大事には至らなかったというが、念のため貸しボート店は今日一日休んで、総てのボートの点検が行われているらしい。


その話を聞いたとき、私の脳裏にはあの、船底のないボートが浮かんだ。

転覆したのはもしやあのボートではないだろうか。いや多分、間違いなくあのボートが転覆したことだろう。

あの時点では、底が抜けて見えるなんて言っても誰も信じなかっただろうし、不幸中の幸いで、湖に落ちた人達もたいしたことはなかったらしいから、この話を口にするつもりはないけれど、転覆した人達には悪いが、あのときゴネてよかったとは思っている。

でも、あのボートは何だったんだろう。今まで私のように底が抜けて見えた人や、今回のような転覆騒ぎはなかったんだろうか。それだけは今も気になっている。

第六十四話　写真

木全伸治

　俺は、高校のときに偶然心霊写真を撮って以来、再び心霊写真を撮りたくて、休日になると自殺の名所などいわくつきの場所に出向いては、撮影することをしていた。

　その日もサスペンスドラマのクライマックスに使われそうな、切り立った崖を覗き込むように撮影していた。

「何を撮ってるんですか」

「いや、崖下を」

「崖下なんて撮って面白いですか」

「ま、ここは自殺の名所らしいから。もしかしたら心霊写真でも撮れるかもと思って」

「自殺者の心霊写真ですか、あまり、いい趣味ではないですね」

「ま、俺も高校生のとき以来、そういうの撮れてないけど」

「あ、そこ崩れやすいですよ」

「ん？」

「あたしも、そこで落ちましたから」

第六十三話　ほおずき

古森真朝

仏壇に供える花といえば菊や樒《しきみ》がメインだが、お盆にはそれに加えてほおずきを活けたり、鉢植えを飾ったりする。先祖が無事に帰り付くよう、彼らを導く提灯に見立てているのだそうだ。花屋さんで買ってくることが多いが、わりと田舎のここいらでは自分で育てているひともいる。

その日も部活の帰り、川にそって広がる畑で植わっているのを見つけた。鮮やかに色づく大きな実が、鈴なりになった立派なものだ。しかし、

「あ、待って」

歩道から覗き込もうとしたところ、いっしょにいた友人に止められた。

「それはダメ。見るなら別の場所のにしなよ」

妙にはっきり言い切り、自分の腕を引いてずんずん歩いていく。十メートルほど行き過ぎてから、無言で後ろを示されて振り返った。

——迫ってくる夕闇の中、ほおずきのそばに人がいた。ぼんやりとした灰色の服で、こっちに背を向けてうずくまっている。

さっきまで誰もいなかったのに？　というか色合いのせいか、輪郭までボケてる気がするん

だけど。まだそんなに暗くないよね？

「ここさ、川がカーブしてるでしょ？　そういう場所って、河上から流れてきたものが浅瀬になってる内側にたまりやすいんだ。　砂とか泥とか、ときどき人とか」

さらっと言われた単語に、一瞬息が止まった。

ひとって？

「川に落ちて流れついて、そのまま離れられなくなったんだろうね。毎年今くらいの時期になると、ああやって畑のほおずきのとこでじっとしてるのを見かけるよ」

友人がさっき止めたのは、邪魔をしないようにという優しさなのか。

それともうずくまっているひとを、自分が連れて帰らないようにという配慮なのか。

「……もう帰るところ、ないんだろうなぁ」

きいてみたいのは山々だったのだけど、つぶやいた彼女の顔がやけに寂しそうで。

うまく声を掛けられなくて、結局、夕焼けの空に気を取られたフリをすることにした。

第六十二話　ため池にいたもの

トラン

それは、茨城県の田舎にある、両側を森で囲まれた一本道での夜の出来事だ。

当時五歳だった私を自転車に乗せた母は、街頭もないその道を走っていた。

私が蜂に刺され救急病院に行った帰り、普段ならば絶対に通らない時間であるため、予想以上に真っ暗な道に母は怯えていたと思う。

私は疲れて、ぼーっとしていた。


暫くすると、右側の森が開けて、ため池になっている場所が見えてきた。

そのとき、私はふと顔をあげた。

まるで耳元で鳴っているかのような、ぴちゃん、ぴちゃん、という音が聞こえてきたからだ。

「おかーさん、なんか聞こえる」

「えっ？　なに？」

母に訴えると、母も耳をすませた。そして母にもその音が聞こえたようだった。

私は音がする方へ、ため池の方へと顔を向けた。

「……っ！」

母も同時に見ていた。

母がひきつった悲鳴をあげて自転車のスピードをあげる。

ぴちゃん、ぴちゃん、

そんな音をたてながら、白い着物を着て、濡れ髪を垂らした女がため池の水面を滑るようにすーっと移動していた。

私はため池が見えなくなるまでそれをじっと見ていた。

最後に見たのは、自転車のあとを追うようにため池から道路へと出てきた女の姿だった。

私はそのときようやく恐ろしくなり、後ろを振り返るのをやめた。


あのため池にいたものが、どこまでついてきたのか、私は今も時々考える。

第六十一話　首塚

東堂薫

わたしが子どもの頃、近所に、とても変わった子がいました。家庭が複雑だったのかもしれません。

なにしろ、自分の母親をババアと呼ぶような女の子だったので。

これが高校生くらいなら、まあ、さほど不自然じゃありません。でも、それは、その子が小学校に入学する前の話です。

そういう子だから、近所の評判は、よくありませんでした。

自分より小さい子をつきとばしたとか、大人に向かって「殺すぞ」と啖呵を切ったとか。


たとえば、こんな逸話があります。

わたしの実家は海辺に近いのですが、縄とびの先に、つかまえた子猫を結びつけ、海にむかって投げ入れる。

そして、ズルズルと縄とびをひきよせ、また投げ入れる……。

それをずっと、くりかえして遊んでいたそうです。

その子が幼稚園ごろの話だと思います。

ふつうの子どもがしないようなことを、平気でする子どもでした。


わたしが小学二年生のときのことです。

たまたま、学校帰りに、その子を見かけました。

墓場です。

霊園のような、きれいな墓場じゃありません。

海風の運んでくる砂地の古い墓場。

その子は墓を倒して遊んでいました。

わたしが見ている前だけでも、四つ五つは倒しました。

倒れた墓石に砂をかけて、けりとばして笑っています。

わたしは怖かったので、見ないふりをして通りすぎました。

遠くなってから、ちらりと、ふりかえってみました。

その子は首塚のよこに置かれた地蔵に手をかけていました。地蔵が倒され、首の折れるのが見えました。

その子が、わたしのほうを見たので、急いで逃げ帰りました。

数ヶ月たち、わたしは墓場で見たことを、すっかり忘れていました。

その子のウワサは、あいかわらずでした。

近ごろでは、変なことを口走って、ますます奇矯な行動が目立つようです。

「来るな！　あっち行け！」とか、「誰か、助けてェッ！」と、叫び声をあげることもあるようです。

学校にも来なくなりました。

でも、もともと、暴力的で嫌われていたので、誰も気にしません。

その子は、まもなく、踏み切り事故で死にました。

首が、きれいに切り落とされていたそうです。

第六十話　嫁に来てくれろ

るうね

「嫁に来てくれろ」

男の求婚に、町娘は顔をしかめて、

「いやぁよ、誰があんたみたいな醜男の」

「嫁に来てくれろ、嫁に来てくれろ」

「しつこいわね。死んで生まれ変わってきたら、考えなくもないわ」

娘がそう言うと、翌日、男は首を吊って死んだ。

少しかわいそうかな、と娘は思ったものの、せいせいしたという思いの方が強かった。

数日後、一羽の鴉が飛んで来て、娘に向かってこう鳴いた。

「嫁に来てくれろ」

「な、なんなの」

「嫁に来てくれろ、嫁に来てくれろ」

鴉は一心に、そう鳴き続ける。

娘は気味悪くなって、近所の猟師に頼み、鴉を撃ち殺してもらった。

そのさらに数日後、今度はいぼ蛙が娘の前にやってきて、鳴く。

「嫁に来てくれろ」

あまりの気持ち悪さに、娘は蛙に向かって大きな石を投げつけた。石につぶされて、中身が半分飛び出ながらも、やはり蛙は、

「嫁に来てくれろ、嫁に……」

そう鳴きながら、息絶えた。

さらに、それから……。


今、娘の耳元では、げじげじが鳴いている。

「嫁に来てくれろ」

殺してしまいたいが、できずにいる。もし殺せば、次に何が出てくるか分かったものではない。

ああ、と娘は嘆息する。

最初に男の求婚を受けておけば良かった。少なくとも、彼は人間ではあったのだから。

「嫁に来てくれろ、嫁に来てくれろ、嫁に……」

第五十九話　雨の電話ボックス

ラグト

私の高校の通学路には女の幽霊のいる電話ボックスがありました。

私は生まれつき霊感が強く、いわゆる霊という存在が視えたのです。

女の霊は白い洋服に長い髪でうなだれて立っているため顔は視えませんでした。

その幽霊電話ボックスは橋の袂にあり、そこを避けて通学しようとすると遠回りになるので、嫌な感じはしていましたが、なるべく気にしないようにして横を通っていました。

彼女は私に向かって手招きすることもありましたが、こちらが視えると分かれば、付いてきたりする霊もいたので、私はいつも視えないふりをしていました。


ある雨の日、傘をさしてその電話ボックスの傍を通りかかったときでした。

不意に携帯電話に着信がありました。

鞄と傘で両手がふさがっていたので、面倒に感じながら鞄を脇に抱えて電話に出ました。

「はい、黒川です」

返事がないので、不思議に思い着信元を確認しました。

『公衆電話』

その文字に驚いて立ち止まると、前方に新たな気配が生まれました。

傘に遮られて顔は見えませんでしたが、長い髪と白い洋服を着た女でした。

「ようやく、お話しできたわね」

携帯電話から濁った声が聞こえてきました。

やられたと思いました。

彼女はおそらく待っていたのです、私と接触のできる絶好のタイミングを。

通常であれば、着信元を確認した時点で逃げ出していました。

女の不意打ちに驚き、電話を耳に当てたまま立ち尽くしていましたが、女は続けて電話越しに呪いの言葉を吐きつづけました。

「あいつが私を裏切って、あんな女のところに行って、くそ、くそ」

恐怖ですぐにも逃げ出したかったのですが、身体の方が痙攣したようにこわばって声一つ上げることもできませんでした。

「だから私、あいつに電話しながら、しんでやったの」

女の妄執の念に当てられて、私は頭が朦朧としてきました。

そのとき、携帯電話に新たな着信がありました。

私はすがる思いで何とか親指を動かし、電話に出ました。

「ねえお姉ちゃん、私傘忘れちゃったの、まだ学校にいるなら一緒に帰ろうよ」

電話から妹のよく通る甲高い声が聞こえてきました。

はっと意識が覚醒して前を見ると女の姿は消えていました。

後ろの公衆電話を振り帰ると女はいつものように電話ボックスの中に佇んでいました。

そのとき私は自分が橋の真ん中の柵を跨いでいることに気が付きました。

下には増水した川が唸りを上げて流れていました。

「……憑り殺されるところだった」

妹の電話がなければ、柵を乗り越えて、自ら川の中に飛び込んでいるところでした。

「ありがとう、助かったよ」

「えっ、どういうこと、助かったって？」

「ううん、何でもない、今から迎えに行くから」

妹に答えると、私は足早にその場を離れました。


その後、二度とその電話ボックスに近づくことはありませんでした。

第五十八話　良く刻み、小さくしてから食べましょう

雨宮黄英

ジメジメした夏の午後十時過ぎ。

俺は自殺の名所と言われる踏切を訪れている。

周囲に人通りは無い。聞こえるのはカラスの鳴き声くらいだ。

この場所には、幽霊が出るという噂がある。

それは男だったり女だったりと、証言はまちまち。

だが、共通しているのは〝瞳が潰れている〟ということ。

胡散臭い話だが、酒の肴くらいにはなるだろう。

そう思って俺はここを訪れたのだ。


「ん?」

不意に俺は踏切の先で、ふらふらとうろつく女の人影に気付く。

「お。女じゃん」

少し悪ノリしてきた俺は、へらへら笑いながら女に近づいた。

「誰かいるのぉぉ!?」

だが俺の方を向いた女性を見て、俺は戦慄した。

なぜならその顔には瞳が無かったのだ。

「うわああああっっ!!」

俺は恐怖の叫びをあげ、命からがら自宅へと逃げ帰った。


「なんなんだよ、あれ……」

俺は息を荒げてベッドに横たわる。心臓は未だに早鐘を打っていた。


……ピロリン♪


「わああっ!」

不意に携帯が鳴り、俺は飛び上がる。

液晶を見ると、友人からメールが届いていた。

「驚かすなよまったく……」

俺は文句を言いながらメールを開いた。

『人身事故に出くわした！　写真撮ったから見てみろよ！』

「は？　不謹慎すぎるだろ、あいつ……」

そう言いながらも、俺は添付ファイルを開く。

その瞬間、俺はアッと声をあげた。

送られてきたものは、草むらに転がった生首にカラスが群がっている写真。

その首は、俺が先ほど出会った女のものだったのだ。

「この女、幽霊じゃなかったのか？　だったらなんで目が……」

写真には生首と無数のカラス。

その瞬間、俺はある仮説に行きついた。

もしかして、この女の目を潰したのはカラスなんじゃないか？

俺の脳裏に、恐ろしい想像が次々と浮かんでくる。

最初は本当に自殺か事故だったのだろうが、あの踏切で誰かが轢かれて、その死骸をカラスが食った。

そのとき、カラスは人の味を覚えてしまったのだ。

だが人間はカラスに比べて身体も大きい。食べるには無理がある。

だからカラスは考えた。

――大きくて食べれないなら小さくすればいいと。
まず人間の目だけを潰して視界を奪い、そのまま追い立てて電車に轢かせる。
そうすれば身体がバラバラになって、食べやすくなる。
つまり幽霊の正体は、カラスに襲われた人間。
――そう、あそこは自殺の名所じゃない。カラスの狩場なんだ。

「もしかすると狩られてたのは俺だったかもしれないな……」

俺はそのまま、ベッドの上で瞳を閉じる。
幽霊なんかよりもっと恐ろしい者が、あそこには存在していたのだ。
――俺の脳裏に、瞳の潰れた女の姿が浮かぶ。
彼女の縋るような声が、いつまでも俺の耳に纏わりついて離れなかった。

第五十七話　夜の家

久瀬ミナト

ある日、防災のニュースを家族で見ていて避難訓練をしようということになった。設定は夜中に地震が起き、電気は一切つかない中で自分の部屋から玄関までたどり着くというものだ。

「懐中電灯は？」

「禁止。あえて明かりを持たずに歩く。その方がリアリティがあるだろう」

父がそう言ったので真っ暗な家の中を歩くことになった。


そして当日。私が自分の部屋に入ると父と母は家中の電気を消した。

「よし、始めよう」

父の合図で私は自分の部屋から出た。玄関まではわずかな距離だが、途中で階段を通る必要がある。私は簡単に終わらせることができると思った。

しかし私は部屋を出たとたん、得体の知れない恐怖感に襲われた。家の中が暗く、静かなだけだというのに。

私は唾を飲み込んで歩き出した。手探りで階段の手すりを探る。

『えっと、階段はどこだっけ？　』

私は何とか階段の手すりを見つけると、ゆっくりと階段を一段ずつ降りる。

『見えないだけで、こんなにも怖いなんて』

ズルッ
「あ！」

私の足が滑った。体がぐらりと前に倒れる。

『落ちる！　』

私は落ちる恐怖にぎゅっと目を閉じ、体をこわばらせた。

グン！

「ぐえ！」

お腹に衝撃があり吐きそうになったが、体は前のめりになった状態で止まった。私は冷や汗をかいて肩で息をした。どうやら後ろから父が支えてくれたようだ。そして呼吸を整え、態勢を直しながら
「こ、怖かった……父さんありがとう」

と、言った。父は何も言わなかったが、背後でほっとした空気が感じ取れた。

『見えないけど、後ろからちゃんと来てくれていたんだ』

私は背中に父がいるんだと安心し、その後何とか玄関までたどり着いた。

玄関で母と父の二人が待っていた。二人は家中の電気をつける。一気に明るくなった家に私は安心感を覚えた。

「無事来られたわね」

「途中階段で足が滑って落ちそうになったけど」

「え、大丈夫だったの？」

「大丈夫。父さんが後ろから支えてくれたから」

私がそう言うと二人の表情は固まった。

「何を言っているんだ。父さんはずっとここにいたぞ？」

「そうよ。電気を消してからずっとお母さんと一緒だったわよ」

二人の言うことが私には信じられなかった。

「嘘。じゃあ、私を助けてくれたのは誰？」

私は振り返って家の中を見る。さっきまで背後に感じていた気配が父のではないとすれば、一体誰だったのだろうか。

「もしかして……」

母の顔色が青くなっていた。

「いや、それ以上何も言うな。まあ、お前を助けてくれたんだし、今まで特に何か悪いことが起きたこともない。我が家にとっての守り神だと思っていたほうがいい」

私は家の階段に向かった。いつも通りのただの階段だ。それに家を見渡してみても、特別に何かがいる気配もない。

私は階段に向かって一礼をした。

『助けてくれて、ありがとうございます』

第五十六話　素振り

西羽咲花月

ブンッ！　ブンッ！

今日も風を切るような音が聞こえてきて俺は顔を上げた。

コンビニの前の広場に目を向けると、黒い人影が見える。

夜だからそれが男なのか女なのかよくわからないけれど、ゴルフの素振りをしているのがわかった。

「今日もか」

俺はそう呟いて、ゴミ箱の掃除を続けた。

三日前からこのコンビニの夜勤のバイトを始めたのだが、その日から毎日広場の人影を目にしていた。

なにもこんな夜中にゴルフの素振りなんてしなくていいのに。

そう思うが、きっとあの人にとってはそれが日常であり、日課になっているのだろう。

俺みたいに昼間眠って夜働く人間もいるように、夜しか時間がないのかもしれない。

「よいしょっと」

ゴミ袋を両手に抱えてゴミ捨て場へと向かう。


ブンッ！　ブンッ！


「見るなよ」

途端に声をかけられて飛び上がりそうになりながら振り向くと、そこにはバイトの先輩が立っていた。

「驚かせないでくださいよ」

「お前、絶対に見るなよ」

「見るなって何を……あ、まさかあの広場の？」

そう聞いた瞬間、先輩がサッと青ざめた。

「何も見ずに店内に戻るぞ」

そう言われると余計に気になってくる。

戻り際、俺はチラリと広場に視線を向けてしまった。

すると、さっきまで暗くて見えなかった光景が月明かりに照らし出され、ハッキリと見る事ができた。

ブンッ！　ブンッ！

ゴルフクラブを持っている男は無心にクラブを振り続けている。

クラブの下には血まみれの顔の女が倒れていた……。


先輩から聞いた話だと、以前あの広場には一軒家が建っていて夫婦が暮らしていたらしい。

しかし些細なことから夜中に喧嘩になり、夫がゴルフクラブで妻を撲殺し、その後夫も自殺したのだそうだ。

家が無くなった今もまだ、彼らはあそこにいるのだった。

第五十五話　鍵

渋江照彦

突発性の神経症の一種なのでしょう。最近、鍵をかけたかどうかが心配になって、出掛けるときに鍵をガチャガチャさせる事が増えました。

一回、二回、三回くらいドアをガンガンとさせて鍵がかかっている事を確認しないと不安でならないんです。

もう五年近くも一人暮らしを続けていますが、こんな事は始めてで、自分でもどうして急に不安になったのかわからないほどでした。

ところが、今朝の事です。

私はいつものように、朝ご飯を食べると、仕事へ行くために部屋から出て、鍵を閉めました。鍵が閉まるガチャリという音は、確かに私の耳に届いているのに、やはりいつものように不安の虫が私をすぐに襲い始めたのです。

ちゃんと閉まっているんだろうか。もしも閉まっていなくて、帰ったら変な人が入って来ていたらどうしよう……。

いつもの妄想です。本当に自分でも呆れるくらい下らない妄想だなと思います。

けれども、その妄想は、私を掴んで離してくれませんでした。

だから、私は毎朝するように、ドアノブに手をかけて、ガチャガチャと鍵がかかっているかどうかを確かめようとしたのです。

ところが、私が手をかけようとした瞬間に、内側からドアノブが狂ったようにガチャガチャガチャガチャガチャガチャ、と鳴り、その後にピタリと止んだのです。

どうして良いのかわからなくて、私は呆然と、ドアノブを見つめたまま立ち尽くしています。

第五十四話　蛇女

東堂薫

子どもの頃から、不思議な夢を見ました。
空飛ぶ夢を見たことのある人は多いでしょう。
空を飛ぶ爽快感は、夢のなかならではです。
初めは体が重く、地面とスレスレに浮かぶことしかできませんでした。
もっと高く。もっと、もっと高く。
意識するにつれ、どんどん高くまで飛ぶことができるようになりました。
一メートル。
近所の軒下くらい。
二階の屋根の上。
そして、高校生の頃には、大空を鳥のように飛ぶことができるようになりました。

夢のなかのわたしは、ほかの人には見えないようでした。
ごくまれに、わたしのことを見える人がいます。
わたしを見ると恐怖にふるえました。

怖がるようすが、夢のなかでは、なぜか、とても楽しく感じられました。

見知らぬ学校の夕方の校庭。

わたしを見て逃げまどう女の子を、追いまわしたこともあります。

恐怖に歪む顔が、とても心地よい。

あるとき、わたしは山のなかで、とても立派なお屋敷を見つけました。母屋は、きれいな、かやぶき屋根です。

そのお屋敷を見たとき、どうしても、なかへ入ってみたくなりました。

なんだか、なつかしい。

真夜中なので、家のなかは、しんと寝静まっています。

わたしは家人に気づかれないよう、そっと歩きました。

回廊がありました。

庭をかこむ、四角い廊下。

その廊下を歩いているとき、まがりかどで、ちょうど女の人と鉢合わせしました。五十代くらいのおばさんです。

わたしを見ると、おばさんは悲鳴をあげて腰をぬかしました。ゆかをはって逃げるのです。

そのようすが、おかしくて、わたしも這って、追いかけました。蛇がエモノを追いつめるように、わざと、ゆっくり。

おばさんは障子をあけて、部屋のなかに入ってしまいました。

残念。逃げられた。

でも、楽しかったので、わたしは、わざと怖がらせるために、回廊を這いずりました。

何度も。何度も。

夜が明けるまで。

わたしの体が長く伸びて、ずりずりと廊下をこすります。這いながら、わたしは高笑いをあげていました。

そのお屋敷には、その後も、くりかえし遊びに行きました。


二年が経ちました。

わたしは友達に誘われて、友達の親戚の家に泊まりに行きました。

山奥の……見おぼえのある風景。

わたしの胸は、ざわめきます。

ここは、まさか……？

そのまさかでした。

間違いなく、あのお屋敷です。

断言します。

わたしは、それを夢だと思っていたのです。

現実のわたしは、人を怖がらせることなんてできません。とても内気で、良心的でもあります。


「こんにちは。おばさん。遊びに来たよ」

玄関先で、友達が声をかけました。

なかから出てきたのは――


わたしを見た瞬間、その人は失神しました。

毎夜、夢で見た、あのおばさんが……。

第五十三話　言霊

須藤裕美

近頃まったくついてない。会社はクビになるし、彼氏には振られるし、アパートは火事になるし、財布は落とすし——とにかくついてなさすぎる。

「あなた、もう何年もお墓参りをされてないでしょう?」

胸中で毒づきながら歩いていたら、そう声をかけられた。振り向けば、占いの露店が目に入る。夕闇に染まり始めた街の片隅に、妙齢の女の人が座っていた。テーブルに水晶玉やタロットがあることからして、どうやら女性は占い師のようだ。

「そんなこと素人でも推測すれば、ある程度はわかることじゃない」

一回三千円と書かれた札が下がっているのを見て、苛立ちが増した私はぴしゃりと言ってやった。そのまま立ち去ろうと踵を返しかけたとき、何とその占い師がさらに言い募ってきた。

「例えば会社を解雇されたり、大切な人や場所や物を失ったりはしなかったかしら?」

私は思わず足を止めていたが、占い師の言葉に惹かれたからではない。

「そんなの、この世の中では珍しくないことだわ」

私と占い師の人生はこれで二度と交差することはない、このときはそう思っていたのに。

「お願い、占って」

数日後、私は千円札を三枚、テーブルに叩きつけていた。占い師の向かいに勢い込んで座り、彼女の出方を待つ。けれど占い師は前回のことを何か言うわけでもなく、水晶玉を覗き込んだりタロットを切ったりし始めた。どのぐらいそうしていただろうか、ふいに占い師が顔を上げた。

「あなた……ついてるわ」

私は耳を疑った。なぜなら〝ついてない〟から、藁にも縋る想いでここにきたのだ。あれから毎日、奇怪なことが身近で起こっている。身体が重く、精神状態も最悪だった。

「そんなわけないわ！　わたしはついてな――」

「言ってはダメよ‼」

それまで冷静だった占い師が腰を浮かせてまで、言葉を被せてきた。唐突な制止に驚いて唖然と目を瞠る私に、彼女は安堵するように息を吐いた。

「そう、それでいいわ。二度と使わないようにすることね。今のあなたがこれ以上、耐えられるとは思えないから」

「どういうこと……？」

「あなたは自分でも知らない間に言霊を生み出してしまったのよ。つまり霊界からは、〝憑いてない〝——そう聞こえていたの。それはつまり〝憑いて欲しい〝と言っているようなものだったのよ」

背筋がぞっと寒くなり、真夏にもかかわらず私は自分を抱き締めていた。

「あなたは〝づいてない〝と繰り返し言い続けていたのでしょう？　だから今のあなたは憑かれているの。それも大勢にね」

心身が不調のはずだと言われ、私はうなずくしかない。

「助けて……どうしたらいいの？」

涙を滲ませた私に、占い師は真面目な顔で言った。

「最初に忠告したでしょう。先祖のお墓参りをなさい。彼らは守護霊となって、あなたに憑くものたちから守ってくれるのですから」

第五十二話　知らぬが仏

松本エムザ

女も三十路を過ぎると、集まって色恋の話に花を咲かせるよりも、もっと実用的な会話に興じるもので。

その日も我々は、『買って失敗した物』について盛り上がっていた。本格的な重すぎる中華鍋、効果のほどが全く分からない高価な美顔器、『置き場所をとらない』の謳い文句は嘘八百だった室内トレーニングマシン、などなど。

その中でM子は、

「珪藻土のバスマットだね」

と、答えた。

吸水性と速乾性に優れた、珪藻土で作られたバスマット。薄い石のような形状はバスマットとしては斬新なビジュアルだが、従来の布製品のようにすぐ湿ったりもせず、カビが生える心配も洗濯の必要もないため利用者の評判も上々で、『失敗した物』だとは到底思えなかったのだが。

「確かに、バスマットとしては最高なんだけどさ」

M子の話はこうだ。

ある日の事、お風呂から出て脱衣所で髪を乾かしていると、お風呂場への入口に置いてあった珪藻土のバスマットにふと目が留まった。既に、M子が使った際の足跡はすっきりキレイに乾いている。

が、そのサラサラな石製バスマットの表面に、M子の目の前で、ひとつ、ふたつ、すーっと一組の足跡が浮かび上がった。

M子より、遥かに大きい足跡。男性のものだろうか？　だがM子は独身のひとり暮らしだ。そして何より、足跡の主の姿が見えないのは何故だ。

固まるM子の前で、足跡はそのまま薄くなり、やがて消えた。

更に数日後には、またM子の見ている前で、小さな子どもと思われる足跡と手形が、バスマットにペタペタペタペタペタと浮かんでは、すーっと消えていった。声も聞こえず、姿も見えないままに。

「S美がウチに泊りに来たときの事、覚えてる？」

S美とは私とM子の共通の友人で、霊感が強いと仲間内でも評判の子だ。S美は、M子の部屋に入るなりひとこと、

「……M子、よくこんな部屋住めるね」

と、眉を潜めたのをよく覚えている。

「M子がああは言っても、私は何にも感じないんだから全く平気だったんだけど、あのバスマット買っちゃったせいで、やっぱり『いる』んだなぁって気付いちゃって、もう最悪よ」

M子は大きくため息をついた。

M子のアパートの裏手には、都内でも有名な心霊スポットの霊園が広がっている。

第五十一話　人の死んだにおいを嗅いだことはありますか？

人生ゴミクズニートちゃん（呉部葉一朗）

去年の夏にあった話です。

私は下町にある《なんでもや》の事務員をやっています。その日はたまたま欠員がでたため、私も作業員として出勤することになりました。

《なんでもや》といっても、私の会社はできないことが多く、業務は部屋の片付けなどが大半です。

その日も、夜逃げされたとあるマンションの部屋を清掃するという予定でした。


突然ですが、これを読んでいる方は『人の死んだにおい』を嗅いだことはありますか？

私はありません。

なぜなら、会社ができないことの中に『遺品整理』が含まれているからです。『遺品整理』は資格が必要ですからね。

ですので、私が今まで携わった業務の中で『人が死んだにおい』はないはずです。ない、はずなのでが……。

あれは暑い夏の日でした。

部屋の重い扉を開けた瞬間から異臭がしていました。

これは不思議なことではありません。夜逃げをするような人が、自分が出ていった後の生ごみや食べ物の心配なんてしませんからね。だから異臭がすることはよくあることです。その部屋のにおいは、甘く鼻にツンとくる、においでした。

物の少ない1LDKにはヒョウ柄のシーツがかけられた大きなベッド。こたつ机の上に化粧品が散らばっていました。クローゼットからは名刺入れと、名札が出てきたようです。

「キャバ嬢っすね」

男性のスタッフがゴミ袋に服を詰めながら言いました。

確かに男性のスタッフが手に取った服はドレスが多くありました。

「きっと、だらしなかったんだろうよ」

他の男性スタッフも言いました。


あとはトイレと、浴室だけ。

先に浴室を見ようと扉を開けたとき、私は思わず尻もちをつきました。

バスタブに、髪のかたまりがあったのです。

サッカーボールくらいの大きさでした。

私が固まっていると、男性スタッフがやってきて、なんでもないように髪のかたまりを掴むとゴミ袋に詰めてしまいました。呆然としていると「エクステだよ」とスタッフはおどけてみせました。立ち上がり見てみると、浴槽にはつけまつげも転がっています。スタッフの言う通りだと、私は胸を撫でおろしました。


ゴミ袋をエントランスへ下ろし、契約しているゴミ収集のお兄さんに渡します。

お兄さんがゴミ袋を受け取ったときに眉を寄せました。

「あれ、この物件、人が死んだ？」

私は戸惑いながらも首を左右に振りました。

「いえ、管理会社からは夜逃げだと……」

「えー絶対、死んでるよ。俺、ゴミ屋だよ？　人が死んだにおいはわかるよ」

そう言ってお兄さんは笑いました。


私が携わった仕事に『遺品整理』はないはずです。

しかし、それも申告されなければわかりません。

あの髪のかたまりは、本当にエクステだったんでしょうか？

それとも、浴槽でエクステを切らなければならないことがあったのでしょうか？

第五十話　さざれね

古森真朝

小さい頃のこと。ある夜中、なんの前触れもなく目が覚めた。

あたりはまだ真っ暗で、枕もとの時計は二時を指している。特に寝苦しかったり、喉が乾いたりしたわけでもない。内心首を傾げつつ、ベッドの上で寝返りを打ったとき。

……………しゃら―――……ん……

闇の中、澄んだ音がした。甲高い金属の響きが、いくつも重なり合ってこだまする。きれいだな、と素直に思った。

始めはどこか遠くから、かすかに聞こえていた音は、少しずつはっきりしているようだった。

……しゃら―――ん……

おそるおそる外をうかがうと、家の前の坂道がぼんやり明るい。

複数の人影が、なにやら紋の描かれた提灯を持って歩いていた。

けっこうな人数で、列の中ほどに大きな桶を担いだ二人組がいる。少し先には僧侶だろう、夜目にもくっきりと丸い頭が見えていて、たくさんの輪がついた杖を振っていた。

しゃら――――ん……

なるほど、あの音か。坂の上には寺があるから、その行事だろう。夜中なのにお坊さんって大変だな。

現金なもので、ほっとしたとたんにまぶたが重くなる。細くあけたカーテンを閉める間もなく、すとんと眠りに落ちていた。

「――ってことがあってね。まだ小学生だったたし、はっきりとは覚えてないなぁ」

あんまり怖くなくてごめん。そう言って、久しぶりに会った友人は頭をかいた。モノ書きの習性で『夏だし何か怖い話ない？』と訊いた私に応えてのことだ。

「いや、音だけするって十分怖いよ。普通に人がやってるってわかってもさ」

「うーん、それがね？　実はそれ見た次の日、坂の下に住んでるおじさんが亡くなって」

「………、はい??」

フォローしたつもりの言葉に、不穏な単語が飛び出した。思わず固まった私をおいて、友人はさくさく後日談を語りだす。

「お葬式に行ってびっくりしたなぁ。家の外にあった提灯の模様が、前の夜に見たやつとおんなじでね」

いや、ちょっと待て。

「あとでよくよく聞いたら、坂の上のお寺って普段は無人なの。そろそろまずい、って分かってれば別だけど、おじさんは急死だったから前の日まで誰もいなかったらしくて」

まじか。

「じ、じゃあその、前日夜の行列っていうのは……」

「うちのおばあちゃん曰く、ご先祖がお迎えに行ったんだろって。おじさん家は昔から檀家さんだったし——」

棺桶って、昔は本当に桶の形だったらしいから。中に入れて連れてったんだろうねぇって言ってたよ。

いたって簡潔に話を締めくくり、友人はちょうど運ばれてきたカフェラテをおいしそうにすすった。

……………体感温度が五度くらい下がった私が、頼んだアイスティーを半分以上残したのは言うまでもない。

第四十九話　行き交う車

砂神桐

一歳半の息子は車がとても大好きだ。

乗り物図鑑もＴＶの映像も好きだが、やはり実物が何より好きなようで、最近散歩のコースに『歩道橋に上る』という項目を追加した。

高い所から道路を見下ろし、行き交う車を見せてやると、きゃっきゃっと笑い、とても喜ぶ。親としてはそれが心底嬉しくて、軽く三十分以上に及ぶ息子の車観察も、苦にはならなかった。


「ぶーぶー、青ー」

「赤ー」

「白のぶーぶー」


さすがに車種は判らないが、目についた色の車を指差して拙く話す。

それをいつもにこにこと聞いていたが、ここ最近、息子の発言に首を傾げることが多くなった。

「白のぶーぶー。タイヤ赤ー。にゃんこいるー」

「わんこのぶーぶー。黄色ー。タイヤ赤ー」

何故か時折、車の色を言う際に動物の名前を出すようになった。しかも必ずタイヤを赤と指定する。

犬だの猫だの、何のことだ？

しかもタイヤが赤色とは……。

日を追うごとに考えが膨らみ、最近は、息子の発言の内容が何を示しているのか、判る気がしてきていた。

そんな折も折。

「黒のぶーぶー。黒の上からいっぱい赤ー。タイヤ赤ー。女の人も赤ー」

息子よ。お前、何が見えている？

その答えも怖いが、何よりも、父は、お前が黒の上からいっぱい赤だと言ったあの車のナンバーを覚え、警察に通報しておくべきか？

第四十八話　友達の

ツヨシ

みつるは俊也とよく遊んでいた。

年は同じだが、みつるは俊也を弟のように思っていた。

それは生まれてすぐに母親を亡くした俊也を、哀れに思う気持ちからきていた。

哀れむ者と哀れまれる者との間柄が、みつるの中で知らぬ間に上下関係を築いていたのだ。


今日も二人で遊ぶ。

最近のブームは、土手を滑り降りることだった。

ダンボールを尻にひいて滑ると、それなりに速く、それでいてケガをしない程度のスピードで滑り降りることができた。

滑り降りた先には細い道があるが、交通量は多くない。

それに上から見れば、遠くの車も見ることができるので、そんなときは車が通り過ぎるのを待てばいいのだ。

ある日のこと、みつるが滑り降りて上がっていくと、俊也が右の方を見ていた。車が来ている。

俊哉の後ろに立ったみつるに、ちょっとした悪戯心が芽生えた。

大きく息を吸い込むと、俊也の背中に向けて可能な限りの大声を出したのだ。

「わっ！」

すると何がどうなったのか、俊也がそのまま下に滑り落ちていった。

背中を押したわけでもないのに。

俊也は止まることなく道に飛び出し、細い道にもかかわらずスピードを出していた車と交差した。

俊也の姿が一瞬消え、車が通り過ぎた後また現れた。

耳に痛いブレーキ音の後に、車は少し離れたところで停まった。

車から男が飛び出してくる。

それを見たみつるは、慌ててその場を走り去った。

「ただいま」

「おかえり」

母の声を背中に受けた後、みつるが部屋でぼうとしていると、玄関が慌しくなった。

そのまま息を殺して様子を伺っていると、母が部屋に入ってきた。

真っ青な顔で。

「いい、みつる。落ち着いて聞いてね。落ち悔いて聞いてね。俊也君が……車にはねられて死んじゃったの」

みつるの反応はほとんどなかった。


葬式など慌しい数日が過ぎた。

その日、みつるが学校から帰ってくると、母はいなかった。

買い物だろうと思い部屋でテレビを見ていると、玄関のチャイムが鳴った。

「はい」

出ると見知らぬ女性がそこにいた。

「えっと……」

「あなたがみつる君ね」

みつるを遮るように女が言った。

「そうですが」

「私、見てたのよ。最初から最後まで」

「何を……ですか？」

「俊也が死んだ、あのときのことよ」

「……」

女はみつるを、瞳の奥に怖いものが宿る黒眼で見ると、言った。

「自己紹介がまだだったわね。初めまして。俊也の母の佐和子よ」

そして笑った。

第四十七話　消失

月人

「また明日」

それが健二の最後の言葉だった。翌日、僕が学校に行くと健二は消えてしまっていた。風邪で休んでいるわけではなかった。健二の机も、ロッカーも、靴箱のスペースも消えていたから。

「健二って誰だよ」

戸惑う僕に、クラスで一番背の高い江口が言った。

「宮脇健二なんて生徒はこのクラス、というか学校にはいないぞ」

必死で訴える僕に、担任の佐野先生は言った。
不思議な事に、健二の存在そのものが最初から無かったことにされていた。

信じられなかった。

だが、実際に健二がいたという証拠は一つ残らず消え失せていた。

唯一の救いは、僕以外にも健二の事を言ってくれる友達がいたことだ。

「絶対おかしい。放課後に健二の家に行ってみないか？」

健二と仲の良かった塚本と武田はそう息巻いていた。

「ごめん、今日は塾なんだ。明日でいいかな？」

健二のことは気になるけど、塾をサボれば叱られてしまう。ズル休みをする口実も浮かばなかった。


翌日、学校に行くと誰もが健二のことを忘れていた。


「誰だそいつ？」

塚本も武田も、昨日の会話などなかったようにそう言った。

このクラスで、この学校で、健二のことを覚えているのは僕だけになった。

どうやら健二と繋がりの薄い人間から順に忘れていくようだった。

僕は放課後、一人で健二の家に行くことにした。

「家を間違えているんじゃないの？　うちは女の子しかいないのよ」

健二の母親は玄関先で僕にそう言った。

何となく予想はついていた。

ずいぶん前から母子家庭だった健二の家では、二人の姉に比べて健二は冷ややかな扱いを受けていたから。母親が真っ先に健二のことを忘れたとしても不思議じゃない。

学校どころか、この世界で僕以外の人間すべてが健二を忘れてしまっていた。

明日には僕も、健二のことを忘れてしまうのだろうか。


僕は恐ろしくなった。

宮脇健二は完全に存在しなかったことになってしまうだろう。

何より僕が恐ろしく思うのは、いつ僕の身に同じことが起きるか分からないからだ。

ある日僕という存在がぱたりと消えてしまって、周りの人は僕のことを思い出せない。

一人、また一人と忘れていき、最後には僕は最初からいなかった事にされてしまう。

それがいつ、起きるかは分からない。

気づけば僕は、自分の部屋のベッドで寝転がっていた。
あれ？　放課後、僕はどこかへ行ったんじゃなかったかな。
それはないか。一人で遊びに行く予定なんてなかったはずだ。
今日はなんだか体が疲れた。
夕飯の時間まで、少し眠ってしまおう。
明日は何をしようか……
放課後に塚本と武田を誘って遊びにいこうかな……
まあそれはまた明日考えればいいか。

また明日……

第四十六話　目覚まし

砂神桐

目覚ましが鳴っている。

夕べ、セットしたっけ？

寝起きはいい方だ。だからいつもの起床時間でいいなら、目覚ましなんてなくても余裕で起きられる。

なのに、夕べの俺は目覚ましをわざわざセットしたらしい。

早起きしなきゃならないような予定なんてあったっけ？

考えるが、音がうるさくて集中できない。だから目覚ましを止めたのだが、すかさず二個目が鳴り出した。

二つ目もあったとは。用意周到だな、夕べの俺。ますます早起きの理由が知りたくなった。

とりあえず、考え事は静かになってからと、二つ目の目覚ましを止める。途端に三つ目が鳴り出した。

その後も、止めても止めても次の目覚ましが間髪入れずに鳴り出して、絶えず音が響きっぱなしの状態だ。

だからこそ、逆に冷静になることができた。

さすがに、一人暮らしの男の家にこんなに大量の目覚ましがあるなんて、おかしいだろ。そこから思考を広げればすぐに答えは出てくる。

これは夢だ。……そう、俺は夢を見ているのだ。

でも、夢の中でまで目覚ましが鳴り続けるってことは、多分現実世界で、どうしても起きなきゃならないことがあるって意味だよな？

そんな重大な用事があったかな……ま、起きれば総てが判るだろう。

起きろ！　俺！


…………………………………………？

殺風景な色合いの天井が見えた。そこに人の姿が入り込む。服装からして……看護師？

それが、目覚めてすぐに俺が考えたことだった。

後になって判ったことだが、俺は交通事故に遭い、生死の淵を彷徨っていたらしい。つまり、目覚め＝生還で、目覚ましは俺自身が発していた警鐘だったって訳だ。

この話を聞いたとき、人間の生命力って凄いモンだなと、俺は深く感心した。

そんな事故の記憶がすっかり過去になった頃。

響き渡る目覚ましの音で俺は目を覚ました。セットしてたか？　と思いつつ止めると、別の目覚ましが鳴り始める。

もしやこれは……。

まさか、生存本能がこうまで警鐘を鳴らすレベルの事故にまた遭うとは。俺ってつくづく運がない奴なんだな。でも生命力は凄いらしく、夢の中の目覚ましという形で自分を覚醒させようともがいている。

本当に、人間て凄いな。そう改めて感心しながら、俺は自分自身に叱咤と激励の混ざる叫びをぶつけた。

死にたくなければ起きろ！　俺！

第四十五話　いわく

春南灯

友人のマミさんが、Ｋ市の企業で勤務していたときに体験した話。

八階建てのビルの、最上階ワンフロアが、マミさんの職場だった。

入社して、半年ほど経った頃、一人残業をしていると、天井から、〝ドスッ〟と重たい音が聞こえた。

地震かと身構えたが、なにも起こらない。

不思議に思いながらも、目の前の書類の山を片付けるため、マミさんは再び机に向かった。

翌日、前日作成した資料に不備があり、残業をしていると、また……

ドスッ

重たい音がフロアに響いた。

時計を見ると、二十一時をまわったところであった。

数日後、上司と昼食を摂っているときに、会話が途切れたので、何となく残業中に聞いた「音」の話をしてみることにした。


「何日か前、ここに入って初めて遅くまで残業していたんですけど、変な音がして」

「あぁ、二十一時でしょ？　いつもよ。その時間に死んでるから」

「え、でも、救急車のサイレンとか聞こえなかったですよ」

「いやいや、最近の事じゃなくて。もう二年くらい経つかな。隣のビルから、飛び降り自殺があってね、ココの屋上に落ちて死んでたのよ。それから、毎日二十一時になると、音がすんのよ！　でも、大丈夫！　音だけだから。最初はね、騒ぎになったのよ。で、配管調べたり、お祓いしてもらったり。まぁ、害はないみたいだから、大丈夫！」


明るい口調で、捲したてるように言い切ると、上司は席を立ってしまった。


入社から二年目に、マミさんは転職のため、この会社を退職した。

やめるまでの間、残業する度に、この音は聞こえ続けていたという。

第四十四話　きょうだい

山内健広

きょうだいがほしい。

ぼくはもうすぐ小学生になる。

友達のけんた君には弟がいるのに、ぼくにはいないからおとうさんに聞いてみた。


「ねえ、おとうさん。どうしてぼくにはきょうだいがいないの」

「ひろとはお兄さんになりたいのか。弟と妹どっちがいい？」

「ぼく、弟がいい。おとうさん、ぼくにもきょうだいができるの？」

「ああ、もう少し待ってるんだよ」


そう言っておとうさんは約束を守ってくれた。

弟は泣き虫だから困るけど、ぼくがめんどうをみるんだ。

弟はぼくになれてきて、あまり泣かなくなった。

ぼくはいいお兄さんになってるかな。

友達のひかりちゃんの妹は、ひかりちゃんのことがとっても好きで、いつも一緒にいるよ。

ぼくも妹がほしいな。

そうだ。おかあさんにお願いしてみよう。


「おかあさん。ぼく、妹もほしいな」

「あら、ならおとうさんにお願いしなきゃね」

「うん。ぜったい大事にするよ」


妹は弟とちがって、ぼくにすぐになついた。

ふふ、ぼくはふたりのお兄さんだからやさしくするんだ。


ある日、公園でかわいい犬が散歩しているのをみた。


「かわいいね。ねぇ、何でうちには犬はいないの」

「うーん。ちゃんと散歩とかお世話できるか」

「うん。ぼく、お兄さんだからするよ」

おとうさんは次の日には犬をつれてきた。

毎日のさんぽはぼくがするんだ。


きょうは弟とけんかした。

わるいのは弟なのに、いつもぼくがしかられる。

きのうも妹がわるいのにぼくがしかられたんだ。

あーあ、お兄さんもつかれちゃった。

そうだ。ぼくにもお兄さんがいたらいいんだ。

そしたら、ぼくがわるいことしても大丈夫だよきっと。


「おとうさん、ぼくね弟になりたい。いいでしょ」

「うーん。お兄さんでも、お姉さんでもいいかな？」

「うん」

「なら、おかあさんと相談してみるよ」

おとうさんと約束してから、いっしゅうかんになるけど、まだお兄さんもお姉さんもいない。

「おとうさん。まだ？」

そう言ったら、おとうさんはわらって言ったんだ。

「今日は月がないから、優しいお姉さんをつれてくるよ」

ひもをもったおとうさんがわらった。

やった。楽しみだな。

でも、弟や妹みたいにケガしてるのはいやだから、やさしくつれてきてね。

第四十三話　生前は嫌いなもの

七寒六温

「人は死ぬと、生きているときに嫌いだった食べ物が好きになる……」

ということを何かのオカルト雑誌で読んだことがある。信憑性は薄いが興味は持てた。


僕で言えば、ブロッコリー。

緑色のごつごつしたアフロみたいな形をしたあいつが嫌いだが、死んでしまえば、

「ブロッコリーをくれぃ、ブロッコリーをくれぃ」

とひたすらせがむブロッコリー星人になるというのだから。


生死で人の嗜好に変化があらわれるのだろうか。

科学的根拠も力学的根拠もない。


僕も信じてはいなかった。

あんなことが起こるまでは……

テーブルに並べられたカレーライス。

今日はブロッコリーサラダ付きだ。

カレーライスには確かにニンジンがたくさん入っていたはずだ。それなのに何故か……

僕が少しだけ目を離している隙に、カレーライスの中に入っているニンジンだけが綺麗に抜き取られていた。


テーブルにいるのは僕と母だけだ。

「好き嫌いせずに食べなさい」

と、口うるさくいう母がニンジンを取るはずがない。

第一母にはそんな能力はないはずだ。

瞬時にニンジンだけ取り除くなんて、そんなことができたらマジシャンも紫魔導師もびっくりだ。


「…………」

僕には三歳年下の妹がいた。

妹は不慮の事故で亡くなってしまったのだが……


妹はニンジンが大嫌いだった。

「好き嫌いすると長く生きられないよ」

母親によく言われていた。皮肉にも母親の言った通り妹は長く生きられなかった。

『人は死ぬと、生きているときに嫌いだった食べ物が好きになる……』

無くなったニンジンを見て、亡くなった妹のことを思い出す。もしかして……


「えっ？」


何気なしに窓を見ると、血みどろの妹が僕の方を見て笑っていた。

そして、僕にだけ聞こえるような声で言った。

「お兄ちゃん、私、ニンジンが食べられるようになったよ」

「お兄ちゃんも好き嫌いが多いとお母さんに嫌われて、長生きできないよ」

妹の言葉を聞くと急に母の顔が怖くなった。

「お、お母さん……」

背筋が凍るような思いをした僕は、ブロッコリーサラダを口いっぱいに入れた。

第四十二話　なりすまし

野月よひら

なりすまし、という言葉が脳裏を過ぎった。

私のアカウントで、書いた覚えのない記事が、ＳＮＳに投稿されている。いつからだろうか。ここ最近はバタバタしていて、なかなかサイトを開く暇もなかった。自分で最後に投稿したのは、先週の土曜日、一週間前のことである。イライラしながら携帯を繰っていると、妙な違和を感じた。記事を丹念に読み込み、目を見張る。

月曜日は上司に怒られたとの旨が記載されていた。火曜日は彼氏と仕事をさぼってデートしたとの内容である。

驚いた。

自分の行動の、そのままが書かれている。確かに月曜は仕事で大きなミスをして、上司に叱責された。その翌日は傷を埋めるべく仕事を休み、彼氏とデートをしたのも本当である。

慌てて他の日も確認する。水曜日、木曜日、金曜日……どの日も、その日の私の行動がしっかりと書き込まれていた。

唾を飲み込んだ。気持ちが悪い。どんなに記憶をたぐっても、私はこの記事を書いていない。

誰かが私の行動を知っていて、それを書いたのだろうか。だとしたら誰が。

そこまで考えて、一旦携帯を置いた。

ただのなりすましだったら、管理会社に連絡するか、最悪アカウントを消してもらえばいい話だ。けれど、ストーカーとなると話は変わってくる。ちらりと時計を見た。午後の九時。もうすぐ彼氏が来る時間だ。そのとき、相談しよう。それから対処法を決めればいい。

ため息を吐き、ベッドに体を預けると、携帯が鳴った。彼氏からのメッセージだった。

――もうすぐ到着します。

ほっとした。それからほんの少し笑ってしまう。彼のメッセージはいつもこんな感じだ。業務連絡のような質素さで、ぶっきらぼうで。

そのときである。

携帯の画面が、変わった。

SNSのサイトにアクセスされている。

思わず、小さく叫んだ。

私は何もしていない。それなのに、勝手に画面が動くのである。止めようとしても、電源を切ろうとしても無駄だった。自分の指を全く関知してくれない。

入力画面になった。文字が辿々しく入力されていく。ぽこり、という音と共にあがった記事に、瞠目した。

――たすけて
――殺される

即座に心配するコメントが付くのを見ながら、すうと血の気が引いていく。

慌てて携帯を握り直した。今度はきちんと指先に反応する。自分の記事を消そうと、画面を操作したときであった。

違和感。

月曜日、上司に叱責されたのは夕方だった。けれど、記事があがっているのは午後である。

火曜日、デートをしたのは午後であるが、こちらの記事は午前にあがっている。

その次の日も、次の日も、まるで予知しているかのように……。

手から力が抜ける。音を立てて落ちる携帯が、また勝手に起動した。

――なんでもありません。気にしないでください。

チャイムが鳴った。
彼氏が、来た……。

第四十一話 「あれ」

青山藍明

部屋に「あれが」出てくるようになって、一週間。

最初は黒いゴミか、服の繊維が絡まって落ちたものだと思っていた。

ほんとうに小さい、足の小指にはえた爪ぐらい小さい、黒く丸い玉だった。ころころ、ころころとそいつは仲間を作り、バッグやベッドのなか、あるときは財布にまで入ってきた。

つぶすと、タバコの吸い殻を水浸しにしたような、もわっと鼻につく臭いがした。

思い切って、掃除機をかけてみた。

ボーナスで買った、最新式サイクロン掃除機。吸引力も強くて、音は大きいけれど、ほこりまみれだった部屋がきれいになった。

何となく、すがすがしい気もする。

深呼吸したら、げほんげほん。咳き込んだ。

口を覆った手のひらに、「あれ」がいた。米粒ぐらいになっていた。

その頃から、なんだか周囲がきな臭くなった。

巻き込もうとする波がやってきて、一人が好きだから断った。

すると、全員に無視された。話しかけても、化粧室に行っても、いないように振る舞われた。

気にしないでいると、わざわざ近くにやってきて、舌打ちをされた。

そういえば、ゴミ箱の中身をデスクにぶちまけられた事もあった。

片付けたら、また「あれ」がころころと出てきた。

手を洗おうと、給湯室に行って気がついた。

両手の爪、ぜんぶに「あれ」が挟まっていた。

ゴミ箱から、いやな臭いがただよった。

足を踏まれて転んだ先にも、「あれ」がころころと、寄ってきた。

赤い目がひとつ、ふたつ、みっつ、ぽつぽつ出てきていた。目が合うとまばたきをして、動かなくなった。

つり革にも、エスカレーターにも。冷蔵庫にも、流しにも。

だんだん、近づいてきているようだった。

休みの日、実家へ帰って、庭で墓参りをした。

縁日に買ってもらった、真っ黒なうさぎ。

最初はかわいかったけれど、世話が面倒くさいし、飽きちゃったから道路に置いた。車にひかれて、ぐちゃぐちゃになった。かわいそう、かわいそう。嘘泣きをして、ごまかした。

つぶれなかった目でぎろりと、睨まれたのがわかった。

ごめんなさい。

線香と果物を供えて謝った。

おなかのあかちゃんも、みんなつぶれたの。
あなたもいっしょにいきましょう。

ニィ、と盛り上がった土の中から、赤い目が微笑んでいた。

「あれ」

第四十話　えっちゃんの怪

板本〇〇子

私には、二十程年上の、「えっちゃん」という人妻の友人がいる。

かれこれ十年以上の付き合いになるが、彼女といると不思議で妙なことばかり起こる。

昔から霊感が強いらしいが、彼女自身はしれっとしているので、後から考えて「うわぁ、怖い！」と震える。

そんな「えっちゃん」との不思議な体験を、ノンフィクションで書いてみようと思う。


よく、えっちゃんは私を引きずってカラオケに行く。

「ポイント溜まったから、板本ちゃんカラオケ行こうよ」

その日も確か気まぐれに連絡が来たと記憶している。

えっちゃんの車で、行きつけのチェーン店に入る。

部屋は一階の角。

入室しても、別段えっちゃんも私も、違和感は覚えなかった。

最初に言っておくが、わりと最近の話なので、選曲はデンモクだ。

つまりは、本で番号を確認してリモコンに入力するのでなく、曲名をそのまま検索して送信するアレだ。

一曲目を私が送信した。

「んん？」

画面に、厳しい表情の軍服を着た男性が映った。

選曲はアニメソングのはずなのに……

次いで、聞いたことのない軍歌と思しき曲が流れる。

デンモクの画面には、確かに今送信したばかりのアニメソングのタイトルが表示されている。

「えっちゃんよ……」

「あららー」

依然流れ続ける軍歌を演奏停止して、えっちゃんがデンモクで別のＪ－ＰＯＰを送信した。


～♪


まただ……

丁寧に先程とは違う軍歌が勇ましく流れる。

「んー、ちょっと気持ち悪いわね、部屋変えよっか」

部屋を変えたら、その現象は止んだ。

そのカラオケ屋の立地場所に、なんの歴史があるかは知らない。

勘弁してほしいなぁ、と、今でもそこを利用するが、その部屋は使わないことにしている。


バレンタインデーに一緒にチョコレートを作ろう！　と、えっちゃんが私の部屋を訪れた。

キッチンで湯せんの準備をしていると、ベランダのある部屋にいるえっちゃんに呼ばれた。

「板本ちゃん、黒猫がいる」

「……それはあれか？　生きてない奴か？」

「うんそう。懐いてるよ、板本ちゃんに」

その頃私の夢には、やたら黒い猫が出てきていた。

どこから連れてきたのかは知らないし、別に霊障もないらしいが……

「チョコレート切って……」

「うん。あー、一匹じゃないわよ」


……知らん！

第三十九話　ツインテール

薫衣

冬だということも重なって、薄暗く底冷えした帰り道を、私は自転車で急いでいた。学校から家までは約十五分。いつもなら特に気に留める間もないうちに着くはずだ。しかしなぜだろうか、その日はやたらと胸騒ぎがしてならなかった。

いつもはポニーテールにくくっている髪が、その日はヘアアレンジ好きの友達によってツインテールに結び直されていた。慣れない左右の揺らぎを感じながら、私はかじかんだ指でハンドルを握り直す。

足の筋肉が弛緩したようにまるで力が入らないことに気がついたのは、ちょうど真上に光る街灯がぱっと音を立てて消えたとき。それを皮切りに、ずらりと整列した街灯がちかちかと点滅し出した。古い街灯であったたし、一本や二本消えていることは良くあったが、一斉に消えるなんて初めての現象だった。

私は早く家へ帰るべく努めたが、自転車は地中から這い出した何かに絡め取られるかのように遅鈍な動きをした。ふと右手を見やると、先程まで3に設定してあったギアが6に変わっている。

「何でよ！」

苛立ちを隠せずギアを戻すも、ペダルの重さは変わらない。見慣れたいつもの帰り道が私を裏切る。人通りは皆無、ただ羽虫が自転車のライトに集うだけ。

それでも何とか家の近くまでやってきた頃、私は何となく首に違和感を感じた。いや、今度は首ではなく、もう少し上……。細い指のようなもので髪の分け目をなぞられているような感触があった。電流を通されたようにびりびりと頭が疼く。

「可愛いツインテールね」

そうしてはっきりと感じたのだ。私の両の髪束をつかみあげる、硬いけれども芯のない、冷えきった手を。

私は必死に足を動かした。進まないどころか後退しているような錯覚さえあった。私の髪を弄ぶ手——本当に手？　——は、手櫛でといたり結び目をいじったりして楽しんでいるようだった。その度に頭のてっぺんから水滴を垂らされて、毛細血管に入り込んで背中を伝っているみたいだった。

「ふうっ」

と、声が聞こえたかもしれないしそうでは無いかもしれない。

気配は感じなかったし感じる方がどうかしている。しかし私の細い首筋に、凍りつくような吐息はいつまでも渦巻いていた。

ただひとつだけ確認できることは、私の自慢だった長い髪が、いつかの道端に忘れ去られているということだけ。


——そういえば、あの友達、なんでいきなり髪を結んであげるなんて言ったんだろう。

第三十八話　四つ辻に立つ女

野月よひら

　公園裏の十字路には女の幽霊が出るという。夕方の、五時の鐘が鳴る頃に行くと、すうと立っているのだそうだ。どんなにやんちゃな子供でも、その時間は大人しく別の道を通るという。そんな場所が、自分の住む町にあるとは知らなかった。それで、ワクワクしながらカメラを持ち、その場所に行ってみたのである。


　秋も半ばであった。橙色に染まる道には人っ子一人いなかった。車も通らない。閑散とした道に、電信柱の影ばかり、斜陽に引き延ばされて長く伸びている。

　問題の十字路は、ひっそりと存在していた。苔蒸したブロック塀の、その傍らに立つカーブミラーには赤錆が浮いている。ひそとも音が聞こえないのが気になった。この時間だ。夕飯の仕度をする音だとか、帰宅中の子供の声が聞こえてもいいはずなのに、まるで死に絶えた町のようにしんと静まりかえっている。

　その静寂を打ち破るように、五時の鐘が鳴った。

　物寂しげなメロディが、耳の奥で木霊する。

橙色に染まる道の、その影が一層深まったような気がして、思わず掌を握りしめた。唾を飲み込む。さわさわと心が波立つような感情が、ふつりと沸いてくる。

怖い。

違う、雰囲気に呑まれているのだ。人がいないから、そう感じるだけだ……。

ゆっくりと首を回し、十字路を見渡した。女は、いない。ほら見たことかと胸をなで下ろし、せっかくだから写真でも撮って帰ろうかとファインダーを覗いたときであった。

いた。

ファインダー越しの、四角く切り取られた十字路。カーブミラーに寄り添うようにして、女が立っている。酷く痩せた女であった。表情は分からない。俯いた白い頬に、ざんばらと乱れた黒髪が散っている。手が震えた。思わずカメラを取り落としそうになり、慌てて押さえた指がシャッターを切った。

かしゃり。

静かな町に、音が響いた。

女が、ふうと顔を上げ——目が合った——唇を引き上げて——何という表情をしているのだ——すうとこちらに近寄って——この世の恨みを全て背負っているかのような——だめだ、カメラを——もうすぐそこだ——カメラを下ろせ！

無理矢理引きはがすように、カメラを下ろす。

女は、いなかった。慌てて周りを見渡しても、どこにもいない。どこかの家から、夕飯の準備だろうか、食欲を刺激するいい香りがふわりと漂ってくる。公園の表通りからは車の音がひっきりなしに聞こえていた。

十字路……四つ辻は、境目なのだと、その筋の友人から後に聞いた。きっと自分はあの時間、境目に入りこんでいたのだろう。

現像した写真は、然るべき処置をして廃棄した。こんなものはこの世に残してはいけないのだ。

午後五時の鐘が鳴る。赤々とした斜陽に照らされて、女は、今も、あの四つ辻にいるのだ。俯き、境目に現れる人を、じいと待っているに違いない。

第三十七話　廃墟より

白狐

肝試しの名所にやって来た。

何度も来ている場所だったため、もうさほど怖くもなく、ただ運転手役をするだけに徹していた。

「本当に此処で待っていてくれるんですよね。逃げないで下さいよ」

「逃げる訳がないでしょ。年に三度は来る有名すぎる場所なんだから、時々来るのは肝試しの子どもだけですよ」

動画サイト用に来たり、友人と個人的に来たり、新しい彼女とのデートコースにしたり。ウンザリする程来た廃墟である。ちなみに、今回は合コンの流れでやってきた。

三十分間の探索。戻って来ると車が無い（勿論少し離れた場所に動かしている）という筋書きである。

今回、演出係に徹する事になっていた俺は、皆が廃墟に入ったのを見届けてから車を移動させ、そこでぼんやりと出てくるのを待っていた。

廃墟のほうから悲鳴が聞こえた。

〝私霊感あるから〟女子が居たから、きっとその子だろう。気にもとめなかった。

が――、いつまで経っても帰って来なかった。
三十分が過ぎ、流石に迎えに行く事にした。

「大丈夫かお前ら！　何があった、警察呼んだ方が……え？」

中で倒れている仲間を発見し、駆け寄ったそのとき――しゃがみ込んだ自分を上から見下ろす者が居た。恐る恐るあげた視界に飛び込んできたのは、真っ赤に塗られた女の子の顔……だが、その顔に覚えはない。

一瞬の出来事であった。目が合った女の子の眼球が真っ黒に反転したかと思うと、眩暈と共に倒れてしまった。


次の日、目を覚ますと全員が寝ていた。

ただ霊感ある系女子だけが震えながら車の中に逃げ込んでいた。

「車を出さないで。お願い」

霊感ある系女子がそう懇願してきたが、皆、家に帰らない訳にもいかない。

その帰り道、僕らは事故に遭った。幸い怪我だけであったが、ただの偶然だと思いたい苦い思い出である。

第三十六話　部屋の外

ありす

それは、ある日のことでした。

他の人よりも、見えないものが見えるタイプの僕は、どうしても寝るときに部屋の豆電球が消せないのですが、今日に限って切れてしまっていました。

まぁ、部屋の電気が切れるなんて良くあることなのですが、どうしても今日だけは嫌な感じというか……違和感があったのです。

布団に入って、さっさと寝てしまおう。そう思うのですが、どうしても寝付けません。

そして、寝付けないでいる僕に向けられている〝視線〟に気が付いてしまいました。

部屋の外……暗いその場所から、僕のことを見ている視線に。

だんだん自分の呼吸が早くなり、怖いと体が訴え始めました。


——ああ、マズい。


ここまでくると、自分でもわかりました。

ゆっくりと枕から頭をあげ、暗くて何もないはずのそこに視線を向けると——。

何も言わず、ジッと僕のことを見つめる男性がいたのです。
何も言わず。
こちらを見ながら手を伸ばしているのです。
そして、ゆっくりと口を開くのです。

「返せ……返せ……返せ！！！」

言葉が放たれた瞬間でした。
その男がいきなり走り始めて僕の方へと向かってくるのです。
そして、男は僕の腕につけられた数珠を握り締め、すごい力で引っ張り始めました。

「や、やめろ！！！」
「返せ！」

同じ言葉を繰り返しながら数珠を引っ張り、ついに切れてしまいました。
切れた数珠の一粒を握り締め、男はすっと消えて行きました。

その数珠は、僕の亡くなった祖母のものだったのです。
もしかしたら、僕の前に現れた男は祖母に未練があったのかもしれません。
もう、確認するすべはありませんが。

第三十五話　ご霊嬢

それはのどかな田舎の小さなスーパーでの出来事……。

取り憑かれてるのはあなた？

それとも私達……？

東雲桃矢

それは小さな田舎にあるスーパーの鮮魚作業場でのこと。

その日はパートの私、結衣と社員の早乙女ちゃん、そしてサブリーダーの小田さんの三人で出勤していました。

午後はとても暇で、私と早乙女ちゃんはのんびり恋バナをしながらお刺身を切っていた。

足音が聞こえ、不機嫌そうな小田さんが来たので雑談は中止して作業に集中する事に。

チラリと小田さんの方を見ると手には魚が入った袋が。大方、面倒な注文をされたのだろう。

小田さんは何と言ってるのかは聞き取れないがぶつくさ文句を言いながら切っていた。

荒れてるなー、と思っていたら『うん』と聞きなれない女性の声が小田さんから。

気の所為にしようとしたのだけれど……。

「え？　今、小田さん誰と喋ってたの⁉　結衣ちゃんじゃないよね⁉」

早乙女ちゃんにも聞こえてたらしく、私も少しパニックになる。

「気の所為じゃなかったの⁉　やっぱ聞こえたよね？」

「うん、聞こえた聞こえた！　小田さんに『うん』って返事した人いた！」

そんな私達に小田さんは呆れ返って
「君達何をそんなに騒いでるの？　俺独り言言ってただけだし、何も聞こえなかったけど」

本人は至って冷静。

その日はそれっきりでした。


謎の返答騒動数日後、私と小田さんで仕事をしていた。

「いやぁ、参っちゃうよ……」

また面倒な注文を受けた小田さんはため息をついていた。

『あらあら』

驚いて周囲を見回しても私と小田さんしかいない。

「結衣ちゃんどうしたの？」

訝しげな顔して小田さんが聞いてきた。

「また小田さんに知らない人が返事してて」

「ふぅん……」

小田さんは何故か無関心。本当になんにもないようだ。

まぁ、こちらが気にしなければ……。そう思っていたのだけれど……。

「なんか疲れたなー」

『お疲れ様』

「昨日嫁さんがさー……」

『うんうん』

「ちょっと売り場行ってくるね」

『行ってらっしゃい』

流石に無視できないレベルの返答で私は焦った。

一人の作業場でキョロキョロしていると……。

「いった！」

上に積んであるトレーが降ってきた。

『うふふ、いい気味』

あの謎の声だった。

「もう、なんなの⁉」

「どうしたの？」

いつの間にか戻ってきた小田さんが不審そうにこちらを見ている。

お前のせいだ！　とも言えず……。

「いや、トレー降ってきちゃって」

「あぁ、時々あるよね。心臓に悪いよねー」

小田さんはそう言ってからお嫁さんの話を楽しそうにしてた。

そして例の謎の声は小田さんが別の店に異動するまで時折聞こえた。

小田さんもそれには気づかないまま……。

第三十四話　目にうつるモノ

竹坊

とある骨董品店のショーウインドウに、カメラが展示してあるのが目に入って立ち止まった。最近のデジカメやミラーレスカメラではなく、フイルムカメラだ。昔のカメラは、たいていボディーにアルミというかステンレスというか、そういう金属が使われていて、その質感を見るだけで、現代のカメラと違うとすぐ見分けがつく。それも、かなり高価な一眼レフと見える。

店主の話では、持ち主は転々と変わっていて、値は結構下がっているらしい。昔からカメラが好きなので、即購入することにした。

おそらく数十年前のモデルだろう。さらに、何人も持ち主が変わっているということで、細かいキズがあったり塗装がはげた部分があったりして、相当な年季が入っていた。

さっそく、ファインダーをのぞいてみる。

小窓をのぞく昔のカメラは、倍率の高いルーペをのぞくような感覚がある。そして、のぞく本人だけに見える世界でもある。もちろん、オートフォーカス機能などないので、手動でピントを合わせる。

遠くの被写体にピントは合っているのだが、中央に何かボヤけたモノが見える。

ゴミかキズかと思い、レンズを確認するが、まったくもってきれいなものだ。

一瞬小さな虫でもとまったのだろうと思い、またファインダーをのぞく。

やはり、何かが見える。遠くにピントが合ってボヤけているというのは、手前に何かがあるということになるので、今度はそれにピントを合わせてみた。

すると、レンズの少し先、一メートルくらいでようやくピントが合った。はっきり見えるわけではないが、円形のような楕円形のようなものだ。しかし、そんなところに何があるというのだろう。ファインダーから目を離して見ても、何もありはしない。


後日、外に出かけて、またファインダーをのぞいた。

またアレが見える。

この前より、形が少しはっきりしてきた。やはり、楕円形で、両端がとがっている感じだ。

ソレは、ファインダーをのぞくたびに形がはっきりしていった。ゴミや虫ではない。人の目の形、というか、目そのものだ。細く鋭い目つきで、こちらをにらんでいるように見える。

それからというもの、ファインダーをのぞいていないときでも、右目に何かボヤけたモノが見えるようになった。それは次第にはっきりしていき、あの目と同じモノが見えるようになったではないか。

眼科を何ヶ所も回って診てもらったが、そんなモノは見当たらないし、目にも異常はないという。

右目は次第に視力が落ちていき、最終的には原因不明で失明してしまった。気味が悪いので、結局一枚も撮影することなく、レンズを割ってカメラを処分した。もちろんフィルムも。撮影していたら、どうなったか知れたものではない。

あのカメラはいったい何だったのだろう。

そして、あの目は……。

第三十三話　お盆の夜に

未知

「……出るんだってよ」


夜勤の休憩中、ふいに同僚の言葉を思い出した。

昨日の昼休み、なぜかこの施設の怪奇現象の話題で盛り上がった。

「そりゃ軽く百人以上亡くなってるし」

老人ホームで人が亡くなる事なんて珍しくはない。

夏なのに、背筋がぶるっと震えた。


やだなあ。

夜勤の前にあんな話、しなくてもいいじゃない。


もちろん、私は幽霊とかお化けの類いは本気で信じてはいない。

でも今は、そんな話を思い出したくはなかった。

施設の中は暗く、ステーションの灯りだけがぽっかりと闇の中に浮いている。

「Mさん」

「ひっ！」

背後の暗闇から急に話かけられて、変な声が出てしまう。

今夜一緒に夜勤を組んだ男性職員だ。

「あの……そろそろ交替の時間です」

あ……と口を押さえた。

同時にホールの柱時計が二時を打った。

彼が休憩に入ると、この真っ暗な空間にたった一人になってしまう。

＊＊＊

一号室、二号室……と懐中電灯の灯りを頼りに、足音を立てずに歩く。

静かな寝息、吐息、いびき……様々な音が闇に呑み込まれていく。

はだけた布団や衣服を直しながら、各部屋を進む。

やがて仏間の前の廊下にさしかかったとき、ふわりと線香の臭いが漂った。

「出るんだって。ほら、特に今、お盆だし」

同僚の言葉が甦る。
お盆には先祖の霊が帰ってくるという。
私は仏間の前を足早に通り過ぎた。
あと一部屋だけ見回ったら、ステーションに戻って、少し休もう。
そう思ったとき、カタンカタンと廊下の奥から音が聞こえた。
誰かが車椅子を自走している。

「もう……コール鳴らしてよ」

廊下で転ばれては大変だ。夜勤明けに事故報告書なんて書きたくない。
自力でベットから車椅子に移乗できる人って、確か、十二号室の人だったな。

「あれ?」

寝てる。

そうだよね。さっきこの部屋を訪ねたばかりだもん。起きてたら気がつくはず……

カタンカタン、カタカタ……カタカタカタカタ……

廊下に飛び出すと、さらに音が近づいてきた。

「えっ……」

……私の目の前を、猛スピードで車椅子が通り過ぎていった。

……車椅子には、見知らぬお婆さんが乗っていた。

お婆さんは正座していたのか、脚がないのか、やたら長い腕で、車椅子のハンドリムを回転させていた。

「あうう……」

私は腰が抜けてしまって、その場に座り込んだ。

コールが鳴っている。

どこかの部屋で。
私は夢を見ているのだろうか？
そうだ。これは夢だ。
現実なわけがない。

数日後、私は先輩の話を聞いた。
お盆の夜には、誰も夜勤をしたがらない。
理由は分からないけどね、と先輩は笑っていた。

第三十二話　放置バイク

砂神桐

　家の近くに市営団地があるのだが、そこの駐車場の片隅に、一年くらい前から一台のバイクが放置されている。

　持ち主は不明で、どこかから盗まれてきたバイクが、そこに乗り捨てられたんだろうという話だ。

　少なくとも団地の誰かの私物ではないし、盗難品の可能性が高いなら、警察などに連絡し、早々にバイクを撤去するのが普通だろう。

　でも、バイクはもう一年以上、ずっと同じ場所に放置されている。そんな状態だから、団地や近所の悪ガキ達がバイクに群がって何やらしているのを、ちょくちょくと見かけてきた。

　鍵はないみたいだけど、構造を知っていれば動かすことは可能らしく、どうやら連中は放置バイクを好き勝手に乗り回しているらしい。

　でも、誰も何も言わないし、バイクを撤去しようともしない。警察に連絡を入れることすらない。

　だって、ここいらに住んでる人はみんな知ってるから。

　注意なんてしても無駄の、手に負えない近隣の悪ガキ達。

そいつらが、あのバイクを弄った直後にいなくなる。

どこに行ったのかなんて知らないいし、生死すら判らないけれど、あのバイクを触った奴は確実にいなくなる。

そいつらのその後なんて知らないよ？　家族ですら持て余していた連中だから、知ろうとなんて誰も思わないんだ。

同様に、あのバイクが何なのかを、誰も決して追及しない。弄っていた奴らが消えても口を噤んで、懲りずに出現してくるどうしようもない悪ガキ達が、同じ末路を辿ればいいと、みんなこっそり思ってる。


……昔に比べて、団地の近辺はかなり静かになった。

暴走というか、ろくに走りもしないのに、無駄な爆音を響かせるだけの輩もいなくなったし、昼日中にそんな真似をしている奴らを見かけることもない。

相変わらず、放置バイクは駐車場の片隅に置かれているが、無言の満場一致で、アレはこの先も放置され続けることだろう。

第三十一話　魚の目

東堂薫

戦後、間もない頃。

海辺から魚をカゴに入れ、かついで売り歩く女がいた。夫は戦死したらしい。何里も離れた山のなかまで、毎日、かよっていた。

男は負傷兵だった。命だけは助かって帰国したものの、家は焼け落ち、家族もみんな死んでいた。

物乞いみたいに知りあいの家をたずね歩き、どうにか、その日その日を食いつないでいた。

野宿することも多かった。

そんなとき、魚売りの女を山中で見かけた。

男は空腹で死にそうだった。

女を林のなかにつれこみ、魚をうばおうとした。

殺すつもりはなかった。

ただ、食い物と、あわよくば金が欲しかった。

だが、運悪く、抵抗した女をつきとばしたとき、石に頭を打ちつけ、女は死んでしまった。

男は、しかたなく、女を埋める穴をほった。

深い穴のなかに女の死体を投げ入れたところで、空腹にたえかねた。

とりあえず、魚を焼いて食った。

さんざん食って、切り落とした魚の頭やハラワタを、女の死体の上に落とした。

ひどく生ぐさい。

魚の目がギョロギョロ光って、薄気味悪い。

穴のなかは魚の目玉で、いっぱいだ。

その後、男は近くの知人の家をたずねた。

知人は古くからの豪農で、米を腹いっぱい食わしてくれた。

人心地ついたあと、ふいに足の裏ににぶい痛みがあった。見ると、ウオノメができていた。

「ずっと歩きづめだったからなあ」

男が言うと、知人は風呂をすすめてくれた。

「旅の疲れをいやしてこいよ」

「じゃあ、ありがたく」


総ヒノキの風呂場に案内された。

湯船につかると生きかえるようだ。


ほっと息をついていると、また足に痛みが。

見ると、さっきより、ウオノメがふえている。

さっきは、たしかに、一つきりだったのに、十個くらい。


熱い湯が、急に、ひんやり感じられた。


そのあいだにも、また痛みが。

今度は背中だ。痛みも、するどい。

次には腕に。腹にも。

ウオノメだ。
魚の目玉みたいなデッカイやつが、次々、できてくる。
怖くなって、男は風呂場をとびだそうとした。
だが、動けない。誰かが足をつかんでいる。

あの女だ。
殺した女が、恨みがましく、水のなかから、にらんでいる。

女の目。

湯船のなかは、目玉で、いっぱい。
ブクブク。ブクブク。
目玉は増え続ける。

　目玉のなかで、男は、おぼれ死んだ。

第三十話　夜道

砂神桐

少し遅い時間に住宅街を歩いていたら、どこかの家の玄関先で突然明かりに照らされた。

何かと思い身構えるが、誰かが出て来る様子はない。ただ電気が灯っただけだ。

最近多い、センサー型の電灯。便利なのはもちろんだが、突然明かりがつくため、泥棒よけの効果などもあるらしい。

種が判ればもう驚くこともなくなり、何度か似たような状態で明かりが灯っても気にすることはなくなった。

そんなとき、前に一人の歩行者がいるのが見えた。

ろくに街灯のない道を、それでも薄ぼんやりと見える影が歩いて行く。同じ方向だったから、何となく後をついて行くように進むと、ある家の玄関先で突如電灯が輝いた。

ここも自動なのかと思いながら、ふと首を捻る。

俺より先に、前を行く人がほぼ同じ位置を通っているのに、どうしてあの人が通りかかったとき、ここの電灯はつかなかったのだろう。

単に、センサーが反応するギリギリの位置の外を通った、とかだろう。

そう考えて先へ進んだが、二度程同じことがあり、そんなにうまくセンサーを避けられるものかと疑念が募ったときだった。

「わん！　わんわんわんわん！」

近くの家で飼われている犬が前の人に向かって吠える。それに、前方にいる人が足を止めた。顔は見えないが、犬の方を見たのは判る。そして、小さいが声も聞こえた。


「機械は何とかなるのに……これだから畜生は嫌いなんだ」


つぶやきの余韻が消えるのと、前にいる人の姿が消えるのは同時だった。

別に、俺の身に何か害があったという訳じゃない。ただ、自動点灯のセンサーに反応しない何かが前を歩いていて、そいつが犬には吠えられ、姿を消したというだけの話だ。

それでもこのとき俺が思ったのは、今度は俺に向かって吠え始めたけれど、この、どこかの家の飼い犬を、精一杯褒めてやりたい、だった。

ありがとう、犬。

おかげで、遭遇してはいけない何かとうまいこと決別できたようだ。

第二十九話　トンネルの出口

こやままやこ

競技用自転車でトンネルに入ると、よく晴れた日ほど明暗差で何も見えなくなる瞬間がある。

その日もそうだった。

たいていすぐに目が暗闇になれて見えるようになるのだけれど、その日はずっと真っ暗闇のままだった。

そんなときに限ってライトがつかない。ママチャリと違って競技用自転車のライトは取り外しのできる乾電池式。電池が切れたようだ。

もっとも、このライトは前を照らすというよりは対向車に存在をアピールするためにつけているようなもの。ライトがついたところでさして明るくはならない。


とりあえず、真っ直ぐ進もう。

早く出口についてくれ。


祈りながらペダルを回していると、赤色ライトの連なりが見えてきてホッとした。

白色ライトは前方、赤色ライトは後方につける。

つまり自転車の列に追い付いたということだ。彼らについていけば前方が見えなくても問題ない。

前走自転車の赤色ライトだけを頼りに走行していたら突然、自動車のヘッドライトが目の前に現れた。

耳をつんざくクラクションとブレーキ音。

せめて俺の自転車のライトがついていれば、ドライバーはもっと早く俺に気づけたはずで、ブレーキも間に合ったんだろう。

後から考えれば赤色ライトは点いていたんだから、白色ライトに乾電池を入れ替えれば良かった。

もう、今更だけど。

俺はいまだにトンネルの出口を探してさまよっている。

第二十八話　魔なる家

ツヨシ

ある地主が田畑を売り払い、そこが住宅地になった。

田舎の方ではよくあることである。

そして俺はそこに住んでいる一人だ。

わりかし交通の便がいいところで順調に売れていたのだが、一番奥の家、俺の隣の一軒だけが何故か暫く売れなかった。

しかしやがてそこも売れ、そこに父、母、息子、娘の四人家族が越してきた。

ところが家族が越してきて三日目に、息子が事故で死んだ。

お通夜だの葬式だのと落ちつかないうちに、今度は母親が階段から落ちて死んだ。

息子が死んで三日目のことだった。

その三日後に娘が死に、さらに三日後に父親が死んだ。

近所では大騒ぎとなっていたが、あくまでこの住宅地内だけのことである。

少ししてまるで何事もなかったかのように、今度は父、母、娘、プラス犬の家族が越してきた。

そして三日後に父親が死に、その三日後に娘が死んだ。

もちろん母親も、更に三日後に死んだ。

残された犬は庭につながれたままで、近所の人が餌を与えていたが、三日後に死んだ。


何も知らずに次に来た三人家族も、三日ごとに全員死んだ。

それをどこからかマスコミが嗅ぎつけて全国放送したことにより、この家は一躍有名になった。なにせその家に住んだ人間十人と犬一匹が、きれいに例外なく三日毎に死んでいるのだから。


そしてそれに拍車をかけることがあった。

それはこの土地に古くから住んでいる老人が、テレビのインタビューで言ったことだ。

「あそこは確かに元は田畑だったが、一番奥の家が建ったところには、お墓があったんだがなあ」

その老人の映像は繰り返しテレビで流され、家は日本一有名な民家となった。

おかげで隣に住んでいる俺の家に、何度マスコミが押しかけて来たことか。

家は結局解体されることになったが、作業が終わる直前、作業を始めて三日目に作業員が全員死んだ。

わずかに残った解体作業を請け負う業者は、どこにもいなかった。

その上マスコミ以外に、全国から野次馬が押しかけて来た。

奴らは敷地内に入らなければ安全と考え（実際にそうなのだが。そうでなければ隣に住んでいる俺なんか、とっくに死んでいる）少し離れたところで土台だけになった空き地を見学している。

だいたい俺の家の前だ。

ほんと、迷惑なことおびただしい。

しかしそんな厄介な場所でも、意外な使い道があるもんだ。

まれに敷地内に入り、そのまま居座ろうとする奴がいる。

それは自殺志願者である。

やはり世の中は重要と供給で成り立っているのだ。

第二十七話　焦燥に駆られる

小谷杏子

うっかり寝過ごしてしまったんだ。

その日も残業で、と言うか残業続きでろくに自分の時間が取れないからと、夜中をだらだら過ごしているせいで睡眠不足になっていた。

帰りのバスでうとうととしかけたばかりに、気がつけばバスは自宅よりも遠くの場所を走っている。

街から離れると、閑静な住宅地が転々と高台まで続いており、恐らくその上に停留所があるのだろう。行き先案内のモニターを見ると終点の営業所名だけ。

時刻はもう日付をまたごうとしている。

面倒だな、と小さく舌打ち。

営業所に着いたところで、もうバスは走っていない。歩いて坂を降りて行けば、どのくらいで自宅に辿り着けるだろうか。

ふと、周囲に目をやる。当然、誰もおらず、俺だけがこのバスの乗客らしい。

さて。

この「一人だけ」というシチュエーションは何か恐怖を彷彿とさせるもので、恐らくそれはドラマ、映画、小説なんかの影響だろう。

心霊体験、なんてものは無縁な生活をもう三十数年は送っているのだから、いきなり何か感じたり見えたり、なんてことは有り得ない。それに霊的な何かなど、信じちゃいない。

でも、どうしてだろう。今は背後を振り向くことができない。さっき、確認したときは確かに誰もいなかった。誰もいない、という認識のせいなのか。視線を感じる、なんてことは有り得ないはずだ。

何の変哲もないバスの中。ゆらり揺られて、坂の上まで運ばれる。

そのエンジンの振動か、俺の心音か。一定のリズムを刻むそれは、言いようのない焦燥感を誘う。

振り向いてはいけない、と。

＊＊＊

逃げるようにバスを降りてからは、急に調子を取り戻した。我ながら、その切り替えの良さに感心してしまう。

そう言えば、実家にいる頃もごくたまに背後に妙な視線というか威圧というか、そういうものを感じることがあったような。

電気の切れた階段を上ろうとしたときだ。前方の暗さに恐怖することはないのに、どうしても背後を気にしてしまい、一気にバタバタと駆け上っていたことを思い出す。いつも、というわけではないからよくよく考えてみれば気味の悪い話だ。


そうだ。あれと似た感覚だった。

もしかすると……


外灯の中へ、一匹の野良猫が入り込んできた。坂を下っていた俺は、ピタリと足を止める。

「脅かすなよ……」

顔を洗う猫に苦笑しながら、その横を通り過ぎた。動きに気付くと猫は手を止める。そしてこちらを見もせずに、俺が歩いてきた方向をじっと見つめていた。

第二十六話　マネキン

砂神桐

学校帰りにその服を見かけた。

ショーウインドウの中のマネキンがまとっていた、とても素敵な服。

一目惚れしたけれどさすがのお値段で、普段のお小遣いじゃとても買えない。もちろん、おねだりしても無駄だと思う。

だから、次のバイト代を全部はたいて買おうと思った。

店に入り、店員さんに予約はできないかと申し出る。幸いにも快諾してくれて、一週間後、バイト代が入ったら買いに来ることに決まった。

でも結局、私がその服を買うことはなかった。

一週間後にお店に行ったら、取り置きしておいてもらった服がなくなっていたのだ。

店長さんまで出てきて、誰か、間違って売ってしまったということはないかを確認してくれたけれど、誰もあの服を勝手に売ったりはしていなかった。

そのときに、マネキンが一体消えていることに店の人達が気づいた。

消えたのはあの服を着せていたマネキンで、取り置きのために引っ込めた後、暫くそのまま倉庫に置いてあったらしい。そうしたら、今探してもどこにもないとのことだった。

泥棒が入ったにしても、服はともかく、置いてあったマネキンまで盗んで行ったのはどうしてだと、店の人達が首を捻る。でも私には、マネキンが消えた理由も服がなくなった理由も何となくだけど判っていた。


あの服、マネキンのあの子が着て逃げたんだ。

だってあの日、ウインドウの中で笑ってた。『私にとっても似合ってるでしょう？　』と言いたげな、誇らしげな目をしていた。

私が店員さんと交渉していたとき、こっちを窺ってたよね？　話が決まった後、帰る私を、物凄く憎々しげに見ていたよね？

気のせいだと思い込もうとしていたけれど、やっぱりあれは気のせいじゃなかった。

服は一点物だったため、同じ品は存在せず、結局私はあの服を諦めるしかなかった。

そんな気落ちした帰り道。引っかかった赤信号の向こう側に一人の女の子が立っているのが見えた。

私が欲しかった服を着た、真っ白いマネキンの女の子。

表情なんてない顔が笑っている。『この服は私のものよ』と告げている。

その姿が走ってきたトラックの陰に消え、トラックが走りすぎた後には道の向こうからも消えていた。

お気に入りの服を着て、自慢気に姿を見せつけたマネキンの女の子。

飾られていたお店を離れ、もう戻る所のない彼女はきっと、この先も、あの素敵な服を翻しながら世界のどこかを彷徨い続けるのだろう。

第二十五話　こちらを……

蒼ノ下雷太郎

学生の頃は金がなく、俺は安アパートで暮らしていた。トイレと風呂が共同で、壁が薄く困ったもんだが、それ以外で困ることはなかった――そのアパートの中では、だ。外では、少々困ったことがあった。

二階建てのアパートの反対側には、これまた同じタイプのアパートが建っている。丁度窓と窓が向かい合わせになっており、反対側の部屋と対面してしまうのだ。

「……す、すいません」

つい、謝ってしまう。

向かいの部屋には、女性が住んでいた。

三十代半ばぐらいのようだ。髪はぼさぼさで、着てる服は灰色のスウェット、大分汚れていて、腹には染みらしいのがついてる。彼女はこちらを、じっと見つめていた。

俺はこのとき、申し訳なさそうに頭を下げた。何となく妙な威圧感があったのだ。速攻でショッピングモールに向かい、カーテンを含めた雑貨品を購入。家に帰ると、即座にカーテンをつけた。

「ど、どうも」

あの人はまだこちらを見ていた。

まさか、あれからずっと？

いや、そんなわけないか。俺は冷や汗を流しながら、カーテンをつける。

翌日、サークルのために早起きをする。眩しい日差しがカーテンでさえぎられてる。カーテンを開けて——あの女の人が、また見ていた。

「え」

カーテンを閉じた。

俺はわけも分からずコーヒーを飲もうとした。落ち着こうとしたのか。いや、冷静じゃなかった。インスタントの粉を盛大にこぼし、暑いお湯が手にかかる。「あちっ」ようやく自分が震えてることに気づき、寝癖を整えるのも忘れて、家を出た。

それ以降も、彼女は俺の部屋をのぞいていた。頻度、時間は不明。カーテンを開けると、必ずあの女性と目が合うので、俺が開ける前からのぞいているらしいが。……まさか、ずっとこちらを？

バカな。

俺は管理人にも相談したが、トラブルはそっちで解決してとアテにならず、引っ越したばかりで金もないから、逃げようがない。仕方ないので、カーテンさえ開けなきゃと——自分に言い聞かせ、結局は大学卒業までいた。四年間だ。

で、今は就職し、都内でマンション暮らしをしている。

それなりに良い暮らしをしてる。交際してる女性もいて、仕事も好調、だからか、俺はあのときの恐怖を忘れていた。もう、あんなことは起きない。今後の人生に関わることはないと信じていた。

俺は七階の部屋にいる。ベランダの窓から広々とした光景がのぞけて、爽快であり——


あの女性がいた。


「は」

七階の窓。その向こうに、こちらを見ている女性がいた。

それは、アパート暮らしをしていた頃の、あの女性だった。

疑問符がアホみたいに並び、強烈な恐怖が全身を襲う。もちろんだが、向かい合わせになる建物は存在しない。

「なんで?」

俺の問いに、彼女は答えない。

ただ、こちらをじっと見続けている。


こちらを……

第二十四話　天井の染み

雪鳴月彦

私がまだ小学校低学年だった頃の話です。

当時住んでいた家の近くに、二つ年上の幼馴染みが住んでいました。

幼稚園の頃から頻繁に遊んでいたもので、その幼馴染みの家にはかなりの頻度でお邪魔をしたりもしていたのですが、ある日、その家にある座敷の天井を見上げた私はそこに坊主頭の男の顔がはっきりと浮かび上がっているのを見つけてしまいました。

「……ねぇ、あれ人の顔に見えるけど何？」

気になった私はその顔を指差しながらそう幼馴染みに訊ねたのですが、

「ん？　さぁ、前からあるし。別に人の顔にも見えないじゃん」

と、本気で何を言ってるのかわからないといった表情をされてしまっただけでした。


その後すぐ、幼馴染みの母親にも同じことを訊ねたのですが、リアクションは同じでした。

そのときはそういうものかと引き下がりはしたものの、それからずっと私の脳裏にこのとき見た顔の染みが焼き付き、遊びに行く度に気になるようになってしまいました。

それでも、特に何事もないまま時が流れ、私もその染みに対しては偶然そう見えるだけの不気味なもの、くらいの認識に落ち着きかけていたのですが。

その後暫くして、幼馴染みの父親が交通事故を起こして亡くなってしまいました。

山道を車で走っている最中に崖下へ転落したことによる単身事故、として警察は片付けましたが、何か不審な部分もあったようで自殺の可能性もあると大人たちの間では噂をされたりもしていた出来事でして、本当の真相は未だにわからないままとなっています。

ただ、この事故が起きて父親が亡くなったという話を聞いたとき、私の頭には真っ先にあの浮かび上がる染みが連想され、やっぱりあれは悪いものだったのかな？　と、直感的に思ったのでした。

それから暫く経って、幼馴染みは母親の実家へ引っ越し住んでいた家も今は取り壊されて無くなっています。

当時は知りませんでしたが、幼馴染みの父親はいわゆる亭主関白で、家族に向かって頻繁に暴言を吐いたり高圧的な態度をとっていたと後に聞かされました。

幼い自分には気がつけなかったことですが、常にあの家にはぎすぎすした空気が隠れていたのでしょう。

そういった悪い気が、何かしら良くないモノを引き寄せてしまったりとか、そういうこともあるのかもなと、このことを思い出す度に私はそんなことを考えてしまいます。

第二十三話　なきべそかいさん

小谷杏子

これは、子供の頃に母からよく言い聞かされていた話なんですけれどね。

「早く泣き止まないと、『なきべそかいさん』が来るよ」って、いつまでも泣いてる私を脅かしていたんです。

「なきべそかいさん」

恐らく「泣きべそ買いさん」と書くんでしょうね。

なんでも、浮浪者のようなボロボロの服にボサボサの髭と髪の毛で覆われたおじさんが、たくさんの野犬にリヤカーを引かせてやって来るという。そして、泣き止まない子供を連れて行ってしまう……。

幼いながらに、それはとてもとても怖くて、すぐさまぴたりと泣き止んでいました。

当時の私は「なきべそかいさん」を恐ろしい化物のように想像したのでしょう。

しかし、そんな話がいつまでも通用するわけがなく、ものの道理が分かればもう法螺話なんかで泣き止むほど単純ではなくなりました。母は怒ると怖いので、どちらかというと母の方が怖かったですね。泣きべそはいつまで経っても治らなかった。

だから、なのでしょうか。

夜中、野良犬のけたたましい吠え声がして目を覚ますと、窓の外からギシギシ、ギシギシ、何かが歪む音がするんです。

ゆっくりとしたその音。段々、近づくに連れて金具の擦れる嫌な音まで耳に届きます。

きいっ、かたん……きぃっ、かたん……きぃっ、かたん。

私は布団の中に潜り込むと、目をぎゅっと瞑ります。すぐに思い当たりました。犬が吠える声と奇妙な音。なきべそかいさんに違いありません。

——お願いします、通り過ぎて下さい……。

祈るように手を合わせて、布団の中で蹲っていました。

そのとき。

ペタリと、裸足が地面を踏んだような音が、すぐ側で鳴りました。私は息を潜めます。口に手を押し当て、無我夢中に息を殺します。

ふと、鼻の奥を何かがつんと突き抜けました。

異臭です。

何せ夏場でしたから、布団と言えども薄い布です。その繊維の隙間から潜ってきたのでしょうか。刺すような酸っぱい臭いに、喉の奥から声が漏れそうになりましたが、どうにか堪えます。


しばらくして、そこにいる何かが「しーっ」と、息を吹きました。

そしてまた、ペタリ、ペタリと音を鳴らす。どうやら遠ざかっているようで、同時にあの不気味に軋む音もやがては耳から離れていきました。

犬の声はいつまで経っても鳴り止みませんでしたが。

私は、布団から出る勇気がなく、その夜はずっと蹲ったままで眠りました。

あれは、もしかすると「なきべそかいさん」だったのかもしれません。しかし、あれが本当の「なきべそかいさん」ならば、どうして泣きべその私を連れて行かなかったのでしょう。

いくら考えても分かるわけがないのですが、それきり私は泣くのを堪えるようになりました。

もう、あんな思いは二度としたくありませんから。

第二十二話　鏡のあの子

にゃんた

これは学生時代、実家に住んでいたときに私が体験した話です。


私の部屋には、全身を移す大きな鏡があり、その鏡を前に身支度をするのが日課でした。

ある日、いつものように身支度をしていると、おなかのあたりに違和感を覚えました。

何かが後ろから抱きついているような感じがしたのです。

後ろを振り向きましたが、もちろん誰もいません。

(気のせいか……)

そう思ってもう一度鏡を見て、驚きました。

自分のおなかのあたりにくっきりと見えたんです。

腕の型が。くっきりと。

すぐに自分のおなかを確認しました。

しかし、実際に見ても触っても、何も変化はありませんでした。

気味が悪かったのは、ずっと抱きつかれている感覚があったこと。
しかも、さっきより力は強くなってきています。

私は、ふたたび鏡を見ました。
今度は、腕が見えました。
青白い腕が私のおなかに……。

生きている人間の腕ではありませんでした。
だって、明らかに血が通ってないんです。

実際におなかを確認します。
何もありません。
でも、確かに抱きつかれている……。

その証拠に、私は鏡の前からぴくりとも動けませんでした。
そのくらい強い力で、鏡の前に固定されてしまっている感じでした。
身の危険を感じたので、私は巻き付いた腕を取ろうとしました。

でも、実際には見えないわけですから、掴むも何もありません。
ひとつ方法があるとすれば……鏡を見ながら掴むこと。
正直、これ以上鏡は見たくありませんでした。
次が何となく予想できたからです。

でも……

私は思い切って鏡を見ました。

そしたら、いたんです。
長い髪の女の人が。
私に後ろから抱きついて。
やっぱり顔は青白くて……目は真っ黒で……口は耳のあたりまで裂けていて……
私を見て、にたぁっと笑っていました。

私はその女性の腕を掴み、振り向きました。

そこで、目が覚めたんです。
私は、ひどい汗をかいていました。

ふと鏡を見ました。

普段部屋の隅を写し出している鏡は、何故かこちらを向いており、鏡の中の私と目が合いました。

第二十一話　夜勤で怖いのは

こやまやこ

たぶん看護師あるあるだと思うけど――。
夜勤で怖いのは、静寂の中から聞こえる定期的なモニター音。時々聞こえる警告音。
呻き声や叫び声。
これから何かまずいことが起こりそうな雰囲気。

何事も起きませんように。

夜勤で怖いのは、患者の容態急変。
自分がうまく対処できるかどうか不安。
いざ救命処置が必要になれば、単語だけの指示が飛び交う。夜中の寝不足人員不足に医師も
先輩看護師も殺気立って、新米看護師がもたつけば容赦なく怒鳴られる。怖い。

何事も起きませんように。

祈りながら夜の病棟を巡回していると、廊下に人影を見つけた。

「どうしましたか？　自分のお部屋がわからなくなっちゃいましたか？」

トイレに行った後、迷子になる患者がたまにいる。

「病室まで一緒に行きましょうね」

ベッドに案内して、モニターを素早く横目でチェックする。

「すぐご家族を呼びますから、それまでここで待っていてくださいね」

人影はありがとうとでも言うように、何度も何度も頷いた。


ベッドに横たわる人物に呼吸の胸動はない。

モニターの生命反応はひとつもない。

もうできることは何もない。


生きている人間に比べれば、死んでいる人間は怖くない。

第二十話　山びこの隣人

会社やめたろー

先日、妙な隣人が引っ越してきた。顔を合わせたことはないが、とにかく奇妙なのである。

俺が自分の部屋の窓を開けると、隣室からはドアを開ける音が聞こえる。

俺がトイレに入って用を足すと、隣の部屋からもトイレの水が流れる音が聞こえてくる。

またあるときは、誤って作動した目覚まし時計のベルの音が、隣の部屋からも聞こえてきた。

なぜかは分からないが、隣人は俺の出す音を真似しているようなのだ。


そして今日の昼間、いよいよ俺は隣人に文句を言ってやろうと隣の部屋の呼び鈴を鳴らした。

しかし、隣人は出てこなかった。


夜になった。俺は、再び隣室の呼び鈴を鳴らしてみた。応答はない。思わずドアに手をかけて、手前に引いた。すると、ドアはなんの抵抗もなく開いた。

「あっ、す、すいません……」

俺は、さっきまでの勢いが嘘のような情けない声を出してしまった。

しかしその瞬間、俺は強烈な違和感に襲われた。

この部屋は、俺の部屋と向きが逆なだけで、まったく同じ間取りをしているらしい。

いや、そんなことよりも。最も違和感を覚えたのが玄関の様子だった。

見慣れた靴に、見慣れた傘立て。見慣れた靴ベラ。それは、俺の部屋の玄関と瓜二つだった。

一体これは、どういうことなのだ。

俺は、もう一度ゆっくりドアを開けた。

やはり見間違いではない。まったく同じ靴だ。

玄関脇のスイッチを押すとキッチンと廊下を照らす電気がついた。キッチンの先に、部屋が見える。

俺は、どうしても部屋の中を確かめたかった。玄関に置いてあるものは、揃えようと思えば同じものを揃えられる。しかし部屋には俺しか持っていないものがある。

部屋に足を踏み入れた。電気をつける。

改めて確かめるまでもなかった。高校の部活でもらった寄せ書き。これはこの世に一つしかないもののはずだ。つまりこの部屋は、なにからなにまで俺の部屋とまったく同じなのだ。

間取りと同じように、ベッドの位置や、テレビの位置など、部屋の中の物は全てが左右対称になっている。

背筋が凍った。今すぐこの部屋を出たい。

しかし俺の目線は、ベッドの脇にある窓に釘付けになった。

少し開いた窓からはかすかに風が吹き込んでおり、カーテンがひらひらと動いている。

確かめたい。

いや、確かめてはいけない。

相反する二つの感情の中でパニックになった俺は、それでも自分の部屋の方の壁へ、手をついていた。

壁についた手がぶるぶると震え、指先は壊れたおもちゃのように痙攣を続けている。

俺はその指を何とか握って、握りこぶしを作った。そして、「コン、コン」と二回ノックをした。

俺の部屋から二回、ノックが返ってきた。

第十九話　ヒカラミさん

杜信長

俺の地元で〝ヒカラミさん〟と言う妖怪だか霊だか分からない物の噂が流れた。

内容は、山の中に入って深呼吸をする。

そのときに声が聞こえても、女性は振り返ってはいけない。

もし振り返ってしまうと、ヒカラミさんに取り憑かれる――というものだ。

男性は何ともないらしい。


ヒカラミさんはどこの山にでもいるという。

しかし、ヒカラミさんに取り憑かれたらどうなるかは聞いた事がなかった。

まぁ、俺はそういう話が好きで、肝試しにも行ったりするが信じてはいない。

だから面白半分に嫌がる妹を連れて昼の山にドライブに出かけた。


嫌がっていた妹だが、しばらくすると山の綺麗な景色を楽しんでいた。

勿論単なるドライブだし、妹に変化はない。

少し日が落ちてきて運転に疲れた俺は、誰もこないような山道の端に車を停めて、妹と一緒に外へ出た。

「気持ちいいねぇ、お兄ちゃん」

「おー」

車を停めた反対側はガードレールもない崖になっていて、二人で下を覗くと夕方の暗さもあって底が見えない。

高い所が苦手な俺は顔をしかめながら後退りした。

「え？　なに？　お兄ちゃん」

「え？」

俺は妹を呼んでない。

俺が妹を見ると妹は自分の後ろを振り返っていた。

その後だ。

妹が俺の方を向き直ったその顔は今までの妹の顔じゃなかった。

目は白目を向き、口は半開きになっている。

「お、おいっ」

妹は急にゲラゲラと笑い出し、大声で叫び始めた。

「みんな死ぬ！　みんな死ぬ！」

妹は涎を垂らし、首を左右に千切れるほど振り、その場にドシャッと座り込む。
四つん這いになり、笑いながら近づいてくる妹が恐怖で俺は動けなくなった。

「お前は○△☆※◇……！！！」

妹が何を叫んでいるのか聞き取れない。
そして、そのまま俺に勢いよく飛びかかってきて、俺は頭を抱えて思わず叫んだ。

「わぁぁぁあああ！！！」


殺される！

そう思ったけれど、妹は人間にはないようなすごい跳躍力で俺を飛び越すと底の見えない崖を獣のように降りて行った。

しばらく放心してその場から動けなかったが、我に返ると妹が心配になり、俺は妹の名前を叫び続けた。

しかし、妹が帰ってくることもなく俺は車に乗って妹を探しながら警察に向かった。


そして、もうすぐ警察署というときに助手席に置いた俺の携帯が鳴った。

母親だ。

俺は今の緊急事態を話そうとしたが、母も何故か焦っている。

話を聞くと妹が泥だらけで玄関に倒れていて救急車で病院へ行くからと言われた。


「は？」

妹が家にいる？　そんなバカな。
山から家まで車で二時間位かかる。帰れるハズがない。
しかし、俺が急いで病院へ向かうとすり傷や切り傷だらけで眠っている妹がいた。

妹はどうやってあの崖を降り、帰ってきたのか。
一体何があったのか。
目が覚めた妹は覚えていなかった。

とにかく、俺は二度と肝試しなんかしない。

第十八話　海

フクロウ

「お盆は海に入っちゃいけないよ」

そう言うとTさんは、「昔、家族で海水浴に来たときに海の家のお婆さんがボソッと言った言葉を今でも覚えています」と話してくれた。

お盆は亡くなった人達が帰ってくる日。そんなときに海にいると引き込まれてしまうのだそうだ。

「でも、今の時代お盆なんて関係なくみんな海で遊んでいますよね？」

「そうですね。でも……」

なぜか言い淀むTさん。きっと何かを見たのだろうと先を促すと、「実は、これも子どものときなんですが」とポツリポツリ話してくれた。

その日、Tさんは家族で車にのって墓参りに向かっていた。運転席には父親、後ろに母親と妹、助手席にはTさんが座っており、後ろの二人は長時間車にいて疲れたのか眠りこけていた。

車は、ちょうど有名な海水浴場のあるO市の国道を走っていた。トンネルを抜けると青い海が眼前に開け、その美しさにTさんは見とれていた。

国道は海に近づき、次第に観光客の様子がわかるくらいになってきた。砂浜でバーベキューやビーチバレーを楽しみ、海ではしゃぐ人々——。Tさんはあれ？ と思った。海辺から数十メートルほど離れた沖の方で、こちらに向かって手を振る白い水着姿の女性の姿があったからだ。

あんなに遠くから車の中にいる自分の姿なんて見えているのかなぁと疑問に思ったが、見てと言わんばかりに両手を激しく振るので、控え目に手を振ってみた。すると、通じたという感じでさらに大きく手を振るので、Tさんは思い切り手を振り返そうと窓を開けたが、水面には誰もいなかった。


「僕がきょとんとしていると車の窓が閉まりました。父が運転席側の操作で閉めたんですが、その顔は真っ青でした」

「お父さんも同じものを見たんですか？」

Tさんは静かに首を横に振った。

「家に着いたあと父に聞いたら、無数の白い手が海に浮かんでいたというんです。あんなに真っ青な顔だったんだから父は冗談で言ったわけじゃないと思います」

驚きながらも今の話をメモ帳に書き込むと、Tさんがそう言えばと思いついたように言った。

「海の家のあのお婆さん、僕以外家族の誰も見てないって言うんですよね」

第十七話　写真の真ん中に写ると……？

黒唯アイリ

これは、とある迷信にまつわる話だ。

「三人で写真を撮ると、真ん中に写った人が早死にする」という迷信。

「三人で写真を撮るときは、間に人形やぬいぐるみを挟めばいい」なんて話もあるらしい。

もちろん何の根拠もない迷信で、信じる・信じないは個人の自由だ。

ちなみに俺は全く信じていない。学生時代は何度も三人の真ん中で写ったことがある。

でも……この迷信を本気で信じ、恐れていた女がいた。


その女――仮に〝A子〟としようか。

A子は小学生の頃にこの迷信を知った。子供向けの雑誌に〝怖い話〟として載っていたのを読み、酷く怖がったんだ。

トラウマみたいなモンになっちまったのかもな。

以後A子は、三人で写真を撮る機会があった場合、必ず端に写るようにしていた。

そんなA子が大学生になったときのこと。

サークルメンバーとの女子会で写真を撮ることになった。A子と、その友人二、三人での写真。

写真と言っても、スマホの写真なんだけどな。

A子はその場の雰囲気に流され、真ん中でピースサインをしていた。

自分が真ん中に写っていると気付いたのは翌朝。

小学生の頃から守ってきたものを崩してしまったことに、A子は慌てた。

すぐに画像を削除しようとしたが——何故か、その写真は削除できなかったんだ。

スマホの調子が悪いのかと思い、他の画像を選択して削除してみたものの、異常はない。

自分が真ん中でピースしている写真だけ、消すことができなかったってワケだ。

A子は「死ぬかもしれない」と怯え、家に引きこもるようになった。

大学を休むようになったから、友人たちも心配するだろ？　一緒に写真を撮った友人がA子を見舞った。

そのときのA子は相当やつれていたらしい。精神を病んでしまっているようにしか見えなかったんだ。

「このままじゃ殺される……。絶対に殺される……。部屋にいても安全じゃないかもしれない……。逃げなきゃ……殺される……」

うわごとのようにそう言い残し、A子は一週間ぶりに家を出た。
そして、そのまま行方不明になった。
写真の真ん中に写ったことによる〝呪い〟なのか、何らかの事件に巻き込まれたのか、精神を病んでしまったA子がどこかで自殺してしまったのか……。

でも、ちょっと気にならないか？

A子が信じていた迷信は「三人で写真を撮ると、真ん中に写った人が〝早死に〟する」というもの。
それなのにA子は、まるで誰かに狙われているかのように「殺される」と繰り返していた。
A子には、他の人には見えない〝誰か〟が見えていたのかもしれない。

一体どこで、A子の運命は狂っちまったんだろうな？

第十六話　待合室の男

砂神桐

　インフルエンザを伝染され、近所の内科に行った。

　流行しているらしく、待合室には結構な数の患者がいた。

　それでも空いている席を見つけ、診察券を出した後はそこに座り込んだ。

　そのときに一人の患者が目についた。

　待合室の一番奥まった席に座っている男。年は俺と同じ、三十前後くらいだろうか。来たときにはもういたけれど、一向に名前を呼ばれない。

　俺が来る直前にやって来たのだろうかと思ったが、その人より先に俺が診察室に通されたから違うようだ。

　だったら薬を待っている人だろうか。その考えも湧いたけれど、俺が来たすぐくらいに診察を受けていた人達がどんどん薬を受け取って帰っているのに、その人は座っているだけだ。

　迎えが来るまで待っているんだろうか。だとしても遅すぎる気がする。

　考え出したらきりがなくなり、俺は相手に悟られぬよう、チラチラとそちらに視線を向けていた。

　そのせいで呼ばれた名前への反応が遅れた。

待合室に響いた俺の名前。返事をするより先に男が立ち上がった。

あれ？　今呼ばれたのって俺の名前だよな？　なのに何であの人が応じるんだ？　もしかして同姓同名か？


のんきにそんなことを考えていると、待合室の最奥から男はゆっくりと歩いて来た。

ここにいるからには病人なのだろう。そのせいだとしても歩みが酷く遅い。

一歩、一歩、とてもゆっくりと、でも確実に進んで来る。

俺が座っている椅子の隣を通過する……。

熱でだるいのも忘れ、俺は勢いよく立ち上がると受付に駆け寄っていた。

事務員さんが、そんなに慌てなくても大丈夫だと笑いながら言ってくれる。その人に診察料を払い、薬を受け取ると、俺は待合室を一望した。


男の姿はどこにもなかった。

さっきまで座っていた場所にも、俺が座っていた辺りにも……そう、待合室のどこにも。

俺が受付でやりとりをしている間、待合室に入って来た人はいない。出て行った人もだ。

なのに男の姿はどこにもなく、誰もそれを不思議がらない。

風邪の悪寒よりも冷たいものが背筋を駆け抜ける。それに身震いしながら俺は医院を後にした。

以来、内科の前を通るたびに思うことがある。

もしあのとき、単なる同姓同名だと思い込んで男を見過ごしていたら、俺はどうなっていたのだろうか、と。

……あのとき、横を過ぎようとする男はうっすらと笑っていた。それを見た瞬間、どうしてもこの男より先に自分が受付に名乗りでなければと思った。

そうしなければいけないと直感した。ただそれだけだ。行動に根拠はない。

それでも、俺は自分の判断が正しかったと思っている。

もしかしたら……本当に、もしかしたらの話だが、あのとき反応しなかったら、今頃俺は、待合室の片隅の席に、うつろな目をして座り込んでいたかもしれない。

真実は判らないが、不思議とそんな気がしてならなかった。

第十五話　停留所にて。

天田流海

停留所の前で人が列を作り、並んでバスを待っている。

どの人も皆、一様に暗い顔をして黙りこくり、何をするでもなく、ただバスが来る方向を見つめている。

私はそんな光景を、少し離れたところで眺めていた。

やがて、バスが到着する。

何の変哲もない、小さなバスだ。

乗客はそろって背中を丸め、機械的に一人ずつ乗りこんでいく。その顔はどれも青ざめて見えた。

そこで、私は気がついた。列の中によく知っている人物がいる。

友人だ。幼い頃からの親しい仲だが、このところ連絡がとれずに心配していた。

私はバスの行き先を表示した方向幕を確認する。そして、気がついたら友人に向かって駆け出していた。

列をかき分け、バスに乗り込もうとする友人の腕を掴む。

私は叫んだ。

「だめ！　乗っちゃだめ！　それに乗っちゃだめ！」

友人は私を見て目を見開き、そのままぽかんと口を開けたまま、立ち尽くした。

バスの扉が閉まる。

運転手がこちらを振り返った。停留所に残された友人と、その腕にすがり付く私を、血走った目でギロリと睨みつけてくる。

バスは走り出し、道路の向こうの白い闇の中へと、吸い込まれるように消えていった。

そこで私は夢から覚めた。


その日、友人と連絡がとれた。

どうやら交際相手にお金をだましとられ、死のうとしていたようだ。だが、その寸前で私の声が聞こえ、思いとどまってくれたらしい。

私は通話口で「良かった……良かった」と涙ながらに口にするのがやっとで、あの夢のことはとても言い出せなかった。


停留所にて。

本当に良かった。友人があのバスに乗らないでくれて。

だって、あのバスの行き先は……。

友人は涙声でつぶやいた。

「あなたを連れていかなくてよかった……」

第十四話　白線

砂神桐

マンション暮らしなのだが、最近同じマンションや近所の子供達が駐車場を遊び場にしている。危ないからそれとなく注意したのだが、効き目はまるでないようだ。

親の方針で外で遊べと言われているのだとしても、近くには公園があるし、学校の運動場だって遊べる。そもそも駐車場なんていう何もない場所で、いったい何をして遊ぶというのか。かくれんぼや鬼ごっこだとしたら、本当に危ないことこの上ない。だから走り回っている姿を見たら、今度こそもっと厳しく注意しようと思っていた。

そんなある日、たまたま出先から戻ったら、いつものように子供達が駐車場内をちょろちょろしていた。だが、予想に反して走り回る子は誰もいない。数人が一塊になってゆっくりと駐車場内を移動しているのだ。

あれはいったい何の真似事なんだろう。

怒る以前に行動の不思議さに意識が向き、じっと見ていると、移動する先々で、子供達は駐車場に落書きをしているようだった。といってもその落書きは、白いチョークでいびつな円を描くというだけのものだ。

それのいったい何が楽しいのか。そもそもどうしてそんなことをしているのか。総てが気になりすぎ、思いきって、俺は子供達に何をしているのかと尋ねてみた。

「あのね、ここの駐車場、いっぱい人が寝てるんだ。でもそれは僕にしか見えなくて、みんなに言っても信じてもらえなかったんだ。でも、こうして寝てる人をチョークで囲んでみたらみんなにも見えるようになったんだ。それからは、みんながこの人達を踏んだり車で轢いたりしないように、寝ている人達全員をチョークで囲んであげてるんだよ」

にこにことそう告げられ、俺は駐車場内を見回した。

今まで気づかなかったが、あちこちにたくさんの白いいびつな円がある。しかもその中に、ぼんやりと人影が浮かび上がっているのが見える気がした。

これ全部、人が……人の形をした何かがいる場所ってことか？　俺にはろくに見えないけど、この子達は全員、きちんとそれが見えてるのか？

遊び半分に囲んでないで、親に話してしかるべき筋に相談してもらえよ。というか、俺くらいの見え方で親は信じんだろうか。

なんにしろこの数だ。いったいこの駐車場でどんな惨劇があったんだろう。……そんなことを、大量の白線の図形を見ながらぼんやりと思った。

第十三話　小学生の頃の思い出

木全伸治

　小学生の頃、家の近所に地震が来たらすぐ崩れそうなボロアパートがあった。

　ある日、子供の好奇心というヤツで、どんな人が住んでいるんだろうと覗きに行き、ふと、手近な部屋のドアを開けた。かぎが掛かっていなかった。かぎが掛かっていないということは誰かいるはずだと短絡的に考えて、俺は、ドアを開けて中を覗いてみた。

「おかえり」

　そう声をかけられハッとしたが、子供の俺はつい「ただいま」と返してしまった。

「ほら、やっぱり、帰って来た。みんな、もうあの子は帰って来ないなんて、嘘ばかりついて、ひどい人たちね」

　おばさんが台所の流しの前に立っていた。俺の方を見ていない、横顔だけだが、割と美人で優しそうな感じだった。

「冷蔵庫に、大好きなプリン買ってあるから」

　俺は、その台所の隅に置いてある冷蔵庫の方に視線を向けた。

　プリンはあった。ただ、冷蔵庫の扉は、何年も開きっぱなしで放置していたかのように内部は黒ずみ、なにかいろいろ腐っているものの中にプリンの容器が確かに見えた。

俺は、咄嗟に「すみません、部屋間違えました」と言ってドアを閉じてその部屋を足早に離れようとしたが、隣の部屋のドアが開いて、おっさんが出てきて俺の襟首をぐいとつかんだ。

「こら、騒ぐな、俺の部屋の前で走るなって注意しただろ」

「ああ、すいません、うちの子が迷惑かけて」

さきほどの部屋のおばさんが出てきておっさんに声をかける。

「たく、困るよ、こっちは夜から仕事なんで、いまのうちに寝ておきたいんだ。ここは家賃が安い分、壁が薄いんだから、注意してくれないと」

「はい、すみません。さ、一緒にプリン食べましょう」

俺はおっさんの顔は見ず、ただ近づいて来るおばさんを恐れて、その襟首をつかむ手を払い、そのアパートから全力で逃げたつもりだったが、気が付くと、そのアパートの前に戻っていた。

何度も何度も家に帰ろうと努力したのを覚えている。

何回目で諦めたのか忘れたが、俺の小学生の思い出はそこまでで、そこから先、俺は中学、高校と進学することなく、小学生のままそのアパートから逃げられなくなっていた。

第十二話　奇妙な古着

トム次郎

もう数年前の話なんだけど。

当時古着にはまりだした自分は、休日になると古着屋巡りをするのが日課だった。ジーンズとかスタジャンとか毎回テーマを決めてて、その日のテーマは革ジャンだった。

自分はブランドとか素材はそんなにこだわらない方で、とにかくフィーリングを重視する方。


昼頃に、いつも行く古着屋の中でも特に革ジャンの品揃えがいい店に行った。いつも通り棚の端から端までずらりと並ぶ中に、不思議に目にとまったやつがあった。特に目を引くデザインとかじゃなくて、吸い寄せられるように何でかわからず、それを手に取った。

自分は肩が凝るのが嫌で軽めで柔らかい革ジャンを探してたんだけど、それはとんでもなく軽かった。軽いというより、違和感がない。羽織った途端にしっくり馴染んで、肘を曲げ伸ばししてもぴったりついてくる。素材は表革だけど、不思議な風合いだった。山羊革ほどゴワゴワしてなくて、豚革ほどキメが粗くない。最初見て馬革かと思ったけど、なんか違う気がした。馬はもっと硬いのかな？

革の質感と変色からするとかなりのヴィンテージだろうけど、ひび割れも剥がれもなく、いい感じにしっとりしていた。

ブランドタグは付いていた形跡もなかったけど、元からそんなにブランドに執着しないから気にしなかった。

これは前の持ち主が相当可愛がってたな、と思って、掘り出し物だな〜とか思いながら値札を探したんだけどどこにも付いてない。

店主はかなりテキトーだからまた付け忘れたのかなと思って、今度は素材タグを探した。手入れが大変なやつだとめんどかったから。

試着で羽織っているうちに、ますます革ジャンはぴったりと吸い付いてきて、まるで着てないみたいに身体に馴染んでいた。

素材タグはすぐ見つかって、内側の脇腹辺りに付いてた。

が、――見た瞬間、凍りついた。

洗濯マークとか注意書きとか何もなくて、一言、「HUMAN」とだけ、黒い普通の文字で書いてあった。


今思うとブランドタグだったのかもしれんし、変ないたずらかもしれん。でも、明らかに着古されたヴィンテージの質感のジャケットに真っ白な新品布のタグの異様なコントラストは、未だに忘れられない。

何より、そのタグを見たあと、それでも欲しい気持ちが無くならなかった自分が嫌だった。

それからも古着屋は行くけど、そんな経験はない。

第十一話　所作

くろ

「生と死をつなぐ所作？」

目の前に座っている〝草間〟と名乗る男が口にした言葉を理解できず、僕はそっくりそのまま聞き返していた。

「ああ、そう説明した」

草間は面倒臭そうに、気怠く返事をした。喫茶店の従業員がオーダーを取りに来た。僕達はアイスコーヒーを頼んだ。エアコンの効いた店内に入っても、しばらくは汗が滲んでくるとても暑い夏の日だった。周囲の客が思い思いに会話を楽しみ賑やかな中、僕たちのテーブルだけは水を打ったように静まり返っていた。そもそも、ついさっき会ったばかりのこの男と、一体何を話せばいいのか、共通の話題といえば数分前に起きた出来事だけであった。僕はこの数十分間に起きたことを、今一度整理してみた。


喫茶店を出てすぐの交差点、ここからも窓越しに見えるあの場所で、草間は突然僕のスマホを奪った。交差点で信号が青になるのを待っていた僕は、今後のスケジュールをスマホで確認していた。そこへ草間が「やめろ」と静かに言い、素早く僕のスマホを奪ったのだ。その言動には決して拒絶できない何か強い意思を感じたような気もした。そして次の瞬間、キーッというものすごい音がした。交差点で一台の車が急停車していた。その車は僕の目の前で止まっていた。何が起こったのか理解できないままでいると、草間は僕にスマホを返しながら「説明する」と手短に言い、たまたまあったこの喫茶店まで僕を連れ込んだのだった。

「ちょっと言ってる意味がわからないんだけど」

もう少し丁寧に説明してくれないかという意味を込めて、僕は恐る恐る草間に言った。

草間は少し間を置いて、ため息を漏らしながら、やはり面倒臭そうに話しだした。

「お前、今、操作を誤った車に轢かれて死にかけただろ？ あれはお前が自分で招き寄せた〝死〟だった。俺も目の前だったから余計なことをしちまった。いや、あれは止めねえと、隣にいた俺自身も危なかったからな。仕方がなかった」

「はあ？」まったく意味がわからないまま、僕は草間の次の言葉を待った。

「生と死をつなぐ所作、て言ったよな。お前がいじっていたスマホの手順が、たまたま死を招く手順の完成間際だったんだよ」

「まさか、そんなの信じられないよ」

「信じようが信じまいが、俺がお前を助けたのは事実だ。とにかく、世の中にはそんな所作であふれかえってるんだよ。例えば、五七八ページある本を一二四ページから開けば死が訪れるとか、A町からB町に出向いたら死を招くとか。世の中の突然訪れる死は大体そんなのが絡んでるんだ」

「嘘だよそんなの」

「まあいい、俺はこれで失敬する。お前は今、アイスコーヒーのストローを、右に八回、左に七回、回した。もう助けられねえ。あばよ」

呆然とする僕を残し、草間は慌てて去っていった。大きな音がした。喫茶店に突っ込んできた大型車が、僕のもう目の前に迫っていた。

第十話　二人乗り

蓮丸

あれは高校生のときでした。

私の通う高校は駅からは少し離れた場所に在り、大半の生徒は自転車で通学していました。

私もその一人で、普段は自転車で通学していましたが、雨の日だけはそうもいきません。

三十分程駅から歩く羽目になるのです。

住宅街を抜け、林道を通る最短な道でそれ程かかります。

途中にある林道は、抜けるのに十分かかる位の広さがありました。

雨の日の林道は、歩くだけでも泥の跳ね返りで靴下が汚れますし、時折痴漢が出たりする事もあって女子生徒は特に通るのを嫌がっていました。私もある程度の雨ならば、傘をさしながらでも迷わず自転車で通学していました。

けれど、あの日は朝から強い雨が降っていたのです。


私はしぶしぶと、電車に乗りました。

流石にそんな天気でしたので、通学時間は大勢の生徒が歩いていて、靴下の汚れ以外は特に心配する事もなく高校に着きました。

帰りは部活や委員会の活動等で、生徒達の帰宅時間もバラバラになります。雨のままであれば、仲の良い友達同士で集まり帰るのですが、あの日は途中で雨が止んでしまったのが良く無かったのでしょう。

私は委員会の為に残らなくてはならず、友達が心配して待っていると言ってくれたのを、悪いからと断ってしまったのです。普段の癖なのでしょう。そのときは、歩いて帰らないといけない事が頭から消えていました。

委員会が終わり、自転車置き場まで行ってやっと気付いたのです。今日は歩きだということに……。

一人で林道を通って帰るには、すでに心細い薄暗さでした。

林道を避ければ、倍近く時間がかかるのでそれも億劫です。

どうしようかと思っていたそのとき、私は見つけてしまったんです。自転車置き場の隅の方に、少し古くなった自転車が置き去りにされているのを。

近づいて見てみると、鍵も付いていないし、本来なら通学自転車に貼ってある筈の生徒証のシールがどこにも見当たりませんでした。

林道を通らない道でも自転車ならば、そう時間はかかりません。

魔が差したとは言え、それに乗って駅まで帰ろうと思ってしまったのです。

林道を避け、大きな道を通って帰る途中でした。

横を通り過ぎたパトカーが少し先で止まり、中から警察官が降りてこちらを見ていました。私の自転車じゃ無い事に気付いたのかと、不安になりました。ところが、警察官の人は訝しげな顔して言ったのです。

「あれ、気のせいだったのかな。君一人だけなら良いんだ。ごめんね、後ろにもう一人女の子がしがみついて乗っていたように見えたから」

私は急に怖くなり、その場に自転車を置いて帰りました。

翌朝、その場所を通ったときにはもうその自転車は無くなっていました。片付けられてしまったのか、誰かが乗って行ってしまったのかも解りません。

あの出来事は何だったのでしょうか。

今思い返してもゾッとするばかりです。

第九話　知ってるよ

oomori

あぁ……、すっかり遅くなった。

まだあと一時間は電車に揺られるのか。さっきの駅で太った老人が降りて、もう俺一人。窓ガラスの向こうは真っ暗でなにも見えない。

もうこの先、さほど大きな駅もない。乗っている人間もほとんどいないだろう。

一日たらいまわしにされ、頭を下げまくって、体も、精神的にも疲れた。疲れすぎてむしろ目が冴えているような気もするが、着くまで眠るか。

……親会社と、取引銀行と回って、借金の返済を待ってもらえるように頼んだが、まったく相手にされなかった。むしろ来週、銀行の担当者が調査に来るって……。

万事、休すか。


……目を閉じてじっとしていた。眠れるわけでもないが、もう目が乾いてしかたがなかった。

呼吸も荒い。メタボの体が重い。ただ車内が涼しいおかげで、汗はだいぶ引いた。

目を開けると、いつのまにか目の前に人が座っていた。

いつのまに……

白いワイシャツに、髪は短く刈り上げ、ずるそうなきつい目をしている。

こっちを見た。視線が合った。

「知ってるよ」

は？

急になにか言い出した。わけがわからない。

「仕事で大変な一日だった。走り回って、頭を下げて。でも、なんの成果もなかった。そんな顔をしてる」

なんだ、この男は。

無視しようにも、なぜか視線を逸らせない。まだなにか言いたげだ。

「知ってるよ」

「なんだ、あんた」

「事業がうまくいかなくて、金が足りないんだ。金策も尽きて、絶望の淵だ」

「……おまえ、占い師かなんかか？　じゃなけりゃ詐欺師か。いい話があるって始めんのか」

狂った奴がいるもんだ。酔っ払い以外に絡まれたのは初めてだ。

「知ってる」

「なにが！」

「あんたが会社が回らないもんだから家ん中で当たり散らして、それに嫌気がさして奥さんは若い男に入れ込んでんだ」

「……おまえ、なにモンだ？　探偵か？　誰に雇われた？」

興奮で頭に血がのぼり、めまいがする。

なんの悪い冗談なんだ……

なんの目的で、こいつはこんなこと……

「知ってるよ」

……な、なんだよ……、なんなんだ……

「来年の二月の頭、あんたビルから飛び降りるよ」

な……、何を……

……頭が……真っ白になった。

車両の天井の……蛍光灯の明かりが……チカチカ見えた。

俺は……そんなこと……

ごくっと唾を飲み込んで正面を見ると、もうあの男がいない。


……これ、どういう……

車内アナウンスが遠くからかすかに聞こえる、そんな感じがした。

窓の外は、あいかわらず真っ暗闇。
車内も変わらずひと気なく、無駄に照明が明るい。
気づけばいっそう息が荒く、背中にはまた汗が噴き出していた。

第八話　呪

口口八で「呪」。
八を三桁で表せば〇〇八。
百物語で八話目を紡いだ者は、死の呪いを受けるという。

第七話　手

五丁目

気がついたら、手があったんです。私の隣に。

バイト帰りの電車の中、私の隣は空席だったんですけど、ふと見たら、青白い手首がちょこんとあって、私、思わず虫みたいに払い飛ばしました。そしたら、手は這って行って、前の方の座席のおばさんの足首を掴んだんです。おばさんは足をさすり始めましたが、手には気づいていないみたいでした。

私は怖くなって次の駅で降りました。サラリーマンの人もたくさん降りて、前を歩いていたおばあさんが突き飛ばされたんです。おばあさんは倒れて、ゲホゲホ言い始めて、だから私、大丈夫ですかって声かけようとしたら、おばあさん、ゲェって、青白い手首を吐き出したんです。

私はびっくりして逃げ出して、駅を出ました。

植え込みの所で電話してる人がいたんですけど、その人が握ってたのは、電話じゃなくて、手首でした。そのそばに若い女の人がいて、女の人の足元に手首が群がってました。女の人は手首にパンをちぎって投げてたみたいですけど、見てるうちに手首は女の人の体にたかり始めて、たくさんの手首に埋もれて、女の人の体なんて見えなくなっちゃったんです。

それなのに、周りの人達は普通にしてて、こんなにたくさんの手が這い回ってるのが見えないのかなって、それとも私がおかしいのかなって、そうしてるうちに、タクシー乗り場の近くで、あの男の人が倒れて苦しみ出したんです。

見たら、一回り大きな手首がその人の首を絞めてて、ほっといたらその人死んじゃうって思ったから、私、一生懸命その手を引き離そうとしたんです。私が首を絞めてたなんて、嘘です。あの男の人を殺したのは、大きな手首なんです。

パトカーに乗せられて警察に行く途中も、子供達が公園の砂場で、青白い手首を埋めて遊んでるのを見ました。だから私、お巡りさんに教えたのに、あそこにも誰かの手首があるって教えたのに、まるで話を聞いてくれなかった。

先生、私、おかしくなんかありません。ちゃんとバイトだってしてるし、みんなが言ってることもわかります。

ていうか先生、先生の肩、右です、右。
さっきから誰かの手が乗ってるの、わかりませんか？

肩だけじゃないです。先生の後ろの壁。手が這い回ってるんですけど。先生の周り、気持ち悪い手だらけですよ？

本当です先生。視えないんですか？　こんなにたくさんの手、やだ、先生の体に這い上がって来てる。先生、逃げてください。先生。私じゃないです。手です。先生！　先生！

いやああああ!!

第六話　リストカット

猫祭☆パル

カッターの刃音。鋭い刃先で躊躇なく左手首に線を引く。

最初はじんわりと赤く、そのうちに血液が膨らむように皮膚の外を流れ床にポタポタとたれていく。

死ぬつもりはない。ただ心の傷を左手首に移しているだけ。

右手は、数えきれない量の線を毎日左手に書いていた。痛みなんかもう感じない。

できる事ならば、この線を【あの人】につけたいけれどそれは無理。

だから私は私を傷付ける。私を捨て他の女と幸せに暮らしている男を憎みながら。


「――――あれ？　……なんで？」


ある朝目覚めたら、私の左手首の傷が綺麗さっぱりとなくなっていた。

すべすべの肌。昨夜までは、とても半袖など着れないほどだったのに。

その数日後。友人からの知らせで慌ててテレビをつけると、あの男の名前と年令と顔写真。突然の事で頭が混乱する私にニュースキャスターは説明する。

深夜、会社の同僚と二人で酒を飲んでいた【あの男】は、店を出たあと些細な事から口論となり、道端に落ちていたガラス片で同僚に切りつけられた。

致命傷は首の傷。真っ直ぐに切られ大量出血で奴は死んだ。でも犯人に記憶は無かった。

誰もが奇妙に思ったのは、殺された男の全身に無数の切り傷があった事。服の切れていない箇所にまで、その皮膚はまるで線を書いたように切れて血にまみれていたそうだ。

左手首から消え失せた線たちは、憎いあの男に移ったのだと直感し、私はほくそ笑む。私を苦しめた罰だ。ざまあみろ。

「————えっ!?」

起床して左手に痛みを感じた私は驚いた。

カッターで切ったばかりのような赤い真っ直ぐな線。布団も血で汚れていた。

自傷行為は、とっくに無くなっていたのに。

むしろ新しい恋人もできて、私は幸せの真っ只中にいた。それなのに何故……。


その不思議な切り傷は毎朝一本ずつ増えていった。

怖い。怯える毎日。翌朝の事を考えると眠れない。それでも明け方にうとうとしてふと目蓋を開くと、真新しい線が現れていた。

精神が衰弱していく一方の私を心配する友人達は、皆勘違いをしていた。

日々弱まる原因が、元カレの死によるものと。

それなのに空気の読めない一人が私に言った。

「本当はあなたと寄りを戻すつもりだったんだって。彼女と別れてあなたとやり直そうとした矢先に、あの事件が起こったの……。彼女もまだ彼の死から立ち直れないみたいだから……あなたも当然よね」


背筋が凍った。

私への愛が残っていたあの人を殺してしまったのは、恐らく私。
私に奪い返された【あの女】が怨み憎んでいるのも、きっと私。
すぐに理解した。増え続ける赤い線の持ち主を。

そして私には新たな恐怖が生まれていた。
傷は左手首以外にも現れるようになっていたのだ。
この赤い線の出現は、いったい何本で終わるのか。

そして、その最終地点は果たして――

第五話　みすだま

古森真朝

夏の終わりに風邪をひいた。

暦の上では秋とはいえ、まだ残暑の厳しいときだというのに恐ろしく寒い。それでいて熱も高く、何か食べようとしても身体が受け付けない。水くらいしか口にできず、あっという間にやつれてしまった。

……心当たりはなくもない。夏休みの最後に、友人たちと行った地元の祭りだ。途中で雨が降ってきて、ずぶ濡れになったのがいけなかったのだろう。せっかく楽しく過ごしたというのに、ついていない。

そんなことを思いつつ養生していたら、幼馴染みが見舞いに来てくれた。こっちの顔を見るなり、ぎゅっと眉を寄せて険しい表情をする。そんなにひどいか、と聞くと、

「……なんか持って帰ったでしょ。この前のお祭りで」

いきなり断定されて驚いた。確かに、境内で見つけた白っぽい石を拾ってきたのだ。きれいだし、ひんやりした感触が気に入ったから。

そう返したところ、相手は何故か大きくため息をついた。自室の机に飾っていた、くだんの石を指さして言う。

「これ、もらっていいかな？　もっときれいなやつあげるから」

翌日、いきなり熱が引いた。その日のうちに粥がのどを通るようになり、そこからの回復は驚くほど早かった。

数日がたって登校すると、幼馴染みに呼び止められる。元気になってよかったと笑って、ポケットから何やら取り出しつつ、

「そうそう、神社で石拾うのはやめた方がいいよ。祟るから」

いつぞやのごとく、唐突な発言に一瞬固まる。こっちのリアクションに気づいていないのか、相手はどんどん話を進めていく。

「境内にあるものは神社のものだから。今回は謝って済むくらいでよかったけど、気を付けてね？　はい、これ」

さっさと話を締めくくって、手のひらにぽんと何かが乗せられる。淡い翠色の、可愛らしい小石だ。

律儀だね、と呟いたところ、

「いや、だって、約束しちゃったし。石が好きって知らなかったから、こんなのしかないけどさ……」

……微妙に照れつつ焦るという、彼女にしては結構珍しい表情が見れたので、ちょっぴり得した気分になったのだった。

第四話　泣かないで

松本エムザ

自称芸術家のT君は、バイトでお金を貯めると旅に出て、海や川で流木や漂流物を拾い集め、それらを使ってオブジェなどを製作している。

「ヤバいもん拾っちゃったかもしれない」

久しぶりに東京に戻ってきたT君を飲みに誘うと、いつも陽気な彼が暗い顔でつぶやいた。

今回は、北関東をメインに旅してきたというT君。とある河原で、『使い勝手の良さそうな石』を見つけ、いくつか持ち帰ってきたのだそうだ。

「漬物石程度の大きさでさ、どれもスベスベでイイ感じに丸くてね、ペイントするのに好都合だなんて考えていたんだけど」

その石たちが、夜な夜な『泣く』のだそうだ。

「夜になるとどこからか、赤ん坊の泣き声が聞こえるようになってね」

T君の家は親戚から安く借りている一軒家で、周りに他の民家はなく、田んぼに囲まれて建っている。他の家族の生活音が、聞こえてくるはずがない。

「おまけに一人だけじゃなくて、何人もの泣き声なんだよ」

ちなみにT君はゲイである。だから、水子の霊とかでもないはずだ。

「今までこんな事なかったし、明らかにあの石たちを拾ってきてからなんだよね」

「いわくつきの石なんじゃないの？」

「やっぱりそう思う？」

賽の河原や登山道のケルン、子どもの頃祖父母から「お墓の石は持って帰ってはいけないよ」などともよく言われた。『石』には霊的なものが、宿りやすいのではないか。


「ごめんなさい、ちょっとお話が聞こえちゃって」

T君と二人、難しい顔を突き合わせていると、隣のテーブルの女性がいきなり話しかけてきた。

「もしかして、それO川の話じゃないですか？」

北関東の出身だと言うその女性に、T君は撮影してきた河原の風景の画像を見せると、彼女は「やっぱり」と頷いた。

「すぐにでも石は元の場所に返した方がいいかも」

そう言って、その川の話を聞かせてくれた。

遥か昔その川には、度々その地を襲った飢饉の為に『子減らし』を行う者たちが訪れていた。彼等は赤ん坊に石をくくりつけると、その川に投げ捨てていたのだと言う。赤ん坊の身体はやがて朽ち、石だけがその川の底に今でもごろごろと残されているのだそうだ。

「私、今日本当は他のお店予約していたんですよ。だけど急にここに来たくなっちゃって」

T君に川の話を教える為に、この店に引き寄せられて来たのかもと、彼女は言いたそうだった。澄んだ瞳が印象的な女性であった。

「……石がどれもすべすべだったのは、ゴツゴツした石だと赤ちゃんが痛いだろうって、考えてあげたからかもなぁ」

T君のそのひとことが、やけに哀しかった。

第三話　葬式の夢

雪鳴月彦

私の母は小さい頃から色々と怖い体験をしているの人なのですが、幽霊を視るということとは別に、もう一つ不思議な体質を持っている少し変わった人なのです。

その不思議な体質というのがどういったものかと言うと、『葬式の夢を見ると、近いうちに必ず自分の知る誰かが死ぬ』という、かなり厄介なものでして。

これまでにも何度もこのおかしな体験を繰り返しています。


死んでしまうのは、親戚や友人であったり、顔見知りの近所に住む住民であったりとそのときによってバラバラではあるのですが、全てに共通するのが母が葬式の夢を見てから一年以内に死ぬ人がでてしまうということ。

母親自身、このおかしな現象をかなり気にしているようで、葬式の夢を見て目を覚ますといつも困ったように頭に手をやりながら、

「あー……、葬式の夢見ちゃった。嫌だな、今度は誰死ぬんだろ」

と、ため息交じりに呟いたりしている状態なのです。

夢の中で参列している葬儀では、いつも誰の葬式かわからずただ自分の知っている人だという感覚しかないらしいです。

祭壇に飾られているはずの遺影も、曇りガラスに遮られているようにぼやけ確認することが困難で、いつも燃やされているのが誰なのか確認できずに困惑しながら目を覚ますと言っていました。

こういうものも一応、霊能力のようなものの一種となるのかもしれません。


母親の知る人間が対象となる葬式の夢。

それは即ち、家族である私自身も死ぬかもしれない対象の一人となるわけでして。

小さい頃から毎回、母が葬式の夢を見たと言って起きる度に近いうちに自分が死ぬんじゃないかと、内心そんな不安に駆られながら私は生活しています。

第二話　夜の訪問者

ツヨシ

夜、寝ようとしたら、ドアノブががちゃがちゃと鳴った。
誰かがドアノブを掴んで、戸を強引に開けようとしている音だ。
毎日同じ時間だ。
覗き穴で見てみても、そこには誰もいない。
えらく格安のワンルームだと思っていたが、こういう訳だったのか。
しかし今のところ実害はない。
がちゃがちゃされるのも、せいぜい数分だ。
それさえ我慢をすれば、相場の半分以下の部屋に住むことができるのだ。

今日も鳴った。
いつものように放置していたが、ふとあることが気になった。
(——ドアを開けたら、どうなるのだろう?)
ドアノブは毎日鳴っているが、今までに一度も玄関の戸を開けたことはなかった。
覗き穴で見る限り、そこには誰もいない。

俺は意を決して、玄関の戸を開けた。

「どちら様ですか」

覗き穴で見ても誰もいなかったが、戸を開けてみても誰もいなかった。
覗き穴の死角に隠れている可能性も考えていたが、それもなかったようだ。
ある意味拍子抜けした俺は、戸を閉めた。
するとドアノブが再びがちゃがちゃと鳴った。
もう一度戸を開けて左右を見渡したが、誰もいなかった。
戸を閉めると、半ば予想はしていたが、ドアノブがもう一度鳴った。
戸を開けると、やはり誰もいない。
戸を閉めると再度ドアノブが鳴る。
戸を開けても、そこには誰もいない。
五回ほど繰り返したところで止めた。
何度やっても同じだと思ったからだ。
そして振り返って部屋を見ると、そこには青白い顔をした見知らぬ男が、五人いた。

第一話　組布団

オトガイ

「それは私の布団ですので」

夜、一組の布団に手をつけようとするとどこからともなく声がかかる。

「あの人が私の布団を盗ったんです」

誰かは言わない。名前を知らないのかもしれないとロッジの管理人は言う。

ここには全国から多数の登山者が集まる。たまたまそのとき一緒に泊まった見知らぬ他人ならば、名前は分かるまい。

昔突然の豪雪に襲われて、収容可能人数以上の登山者が閉じ込められ、翌朝一人の女性が凍死した。幽霊は恐らく彼女ではないかと。

貴方みたいな年代の男性が声をかけられやすいんです、犯人がそうだから。管理人は親切にも男に耳打ちする。気をつけなさい、丁度今の時期だったしね、毎年見た者がいますよ。で、勿論犯人じゃないって分かればいいんですが、おかしなことに、幽霊は顔では判断しないっていうんですね。顔を見ても犯人か分からない。つまり犯人の顔も定かでない、当時若かった男ということしか幽霊は知らないんです。代わりに、怯えたら疑うんだとか。怖がれば怖がるほど襲われる。そりゃこんな山奥で殺されて、幽霊になっても恨む相手を特定できないんじゃ成仏できませんよ。いい加減怨みを募らせて、犯人じゃなくたって構わない、となっているかもしれない。だから絶対に、怯えないで下さいね。何があっても、決して。

無理に決まっている。小心者の男の掌はさっきから汗でぐっしょり湿っていた。壁掛け時計の音にも肩が跳ねる。夜の八時。できればここを飛び出してしまいたかったが、外は雪、他に泊まる所もない。

十時。やっと他の宿泊客が現れた。向かいの部屋の熊のような男。常連なのか管理人と仲良さげに話しているのが聞こえる。

――毎年、不審死だ、オカルトだって騒ぐ奴もいるけど、このロッジは潰れないで欲しいねえ。

管理人の眼が黒ずむ。

――先祖代々受け継いでる家だ、潰させませんよ。

担がれていると思わなければ頭がおかしくなりそうだった。そうだ嘘だ。全て作り話で、彼らはこちらの反応を窺って楽しんでいるのだ。これ以上聞いておれず、男は部屋に戻った。

元々多人数向けの和室は広すぎる。あんな話さえ聞かなければ、個室として使えることを喜べたものを。彼は布団を敷く。それに何も知らない方が、何かあったとき却って自然に振る舞えたかもしれないのに。

と、そこではたと思い至る。

あんな風に話されたら怯えるのは当然だ。なのにどうしてわざわざ？

怯えさせるため？

そう言えば、管理人は男と同世代の男性だ。

男の手が止まった。

そう言えば、大部屋なのに押し入れには一組しか布団が入っていなかった。

もし〝当たり〟以外を選ばせないためだとしたら？

幽霊に、他ならぬ当事者が、積年の怨みの捌け口を提供しているのだとしたら？

震えるうなじに生あたたかい風が吹く。

「貴方でしたか」

布団にはもう、触っている。

第零話　ひとだまの里

春南灯

叔母が、北海道のとある田舎町で、子供の頃に体験した話。

当時は、まだ街灯もなく、夜、屋外を出歩くときは、ランプを提げ外へ出たという。

叔母は、毎晩、おばあちゃんと共に、母屋から少し離れた所にある、鳥小屋へ行く事を日課としていた。

ランプの頼りない灯を頼りに、畦道を歩いていると、おばあちゃんが足を止めた。

「ほれ、みてみい」

叔母が顔をあげると、近くの丘の上を、数えきれない程の光の玉が、フワフワと乱舞していた。

「アレは楽に死んだ」

「アレは……苦しんだな……」

おばあちゃんは、光の玉を指さしながら、ぶつぶつと解説していたという。

何十年と経った今でも、色とりどりの光の玉が飛び交う、美しくも不思議な光景は、叔母の心に焼き付いているそうだ。

エブリスタ

国内最大級の小説投稿サイト。

小説を書きたい人と読みたい人が出会うプラットフォームとして、これまでに200万点以上の作品を配信する。

大手出版社との協業による文学賞開催など、ジャンルを問わず多くの新人作家発掘・プロデュースを行っている。

http://estar.jp

百物語 サカサノロイ

2018年2月28日 初版第1刷発行

編者 エブリスタ

カバー 橋元浩明(sowhat.Inc)
発行人 後藤明信
発行所 株式会社 竹書房
〒102-0072 東京都千代田区飯田橋2-7-3
電話 03-3264-1576(代表)
電話 03-3234-6208(編集)
http://www.takeshobo.co.jp
印刷所 中央精版印刷株式会社

定価はカバーに表示しています。

落丁・乱丁本は当社までお問い合わせ下さい。


ISBN978-4-8019-1387-5 C0176

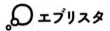